工作是爲了休閒
戰爭是爲了和平
辛苦是爲了享樂
所以，
作個可憐的書蟲是爲了
作個輕鬆的玩家。
然後，玩夠了、玩膩了

◉劉軒著

作書蟲也作玩家

Work Hard, Play Hard

又打開書
讓每個字都跳、都叫、都活生生地
像跳舞一樣
進入你的心扉。
所以，
作個玩家也是爲了
作個有趣的書蟲！

◉劉墉序

我太太常講：

「以前兒子打電話，多半要錢，
現在八成是問怎麼做菜。」

然後，她會牙癢癢地說：

「不知是不是做給哪個女生吃！」

Work Hard, Play Hard. Work Hard, Play Hard.

我那奇怪的兒子

《作書蟲也作玩家》，這書名是我爲劉軒取的，道理很簡單，因爲在我眼裡，這就是他。

有時候我眞搞不清，他是成天在讀書還是在玩。

小學時候，他總黏在電視前面，好像每個影集都是他的最愛；初中時候，他成天打電話，好像每次經過他的房門，都聽見裡面嘰嘰咕咕的聊天聲；高中開始，他成了熱門音樂迷。而且剛彈完巴哈就去搞吵死人的熱門音樂。有一天我怨他「你去茱麗葉音樂院原來學的是這玩意」。他居然回問我「老爸！你不是也不喜歡臨摹，而要畫你自己的東西嗎？」

自那時，我就沒再說他，因爲我也在「搞現代」。只是我常後悔送他去茱麗葉，使他迷上音樂，而且差點從研究所輟學出來，跳進流行樂壇。

◉

提到他念書，我也常納悶，他整晚打電話、打電玩、上網路，爲什麼還拿A。

他考全美國的SAT會考，因為分數特高，紐約州政府自動寄來一筆不少的獎金；他申請大學，懶，只申請一所哈佛，居然就進了。至於研究所，沒有社會經驗的，哈佛博士班不太會錄取，他卻大學一畢業就直接進去，逕攻博士。

然後，他「玩家」的毛病又犯了，一年就拿到碩士，再偷偷辦了休學，跑到阿拉斯加、馬來西亞、墨西哥和英國流浪。

誠如他在這本書裡寫的，幾年前他還總在餐桌上跟我衝突，怎能想像前年能和我合作《創造雙贏的溝通》。我們父子一直到今天，還常抬槓，原因很簡單——我看不慣他「玩家」的那一面。

◉

才進哈佛，他就加入貴族俱樂部，那地方全是名人的後代，有錢到在大學城擁有自己的「會址」，總在裡面開酒會。俱樂部不好進，他居然進去了。我常在睡不著時，牙癢癢地想「這小子現在八成在那裡鬼混，說些言不及義的東西。」

只是我也不得不佩服，他從進研究所，就獲得特准住在俱樂部的樓上，租金便宜，房間特大，而且一下樓就有各種美女和美食可看可吃。

◉

提到美食，我的兒子居然特別愛做飯（他自稱那是品味，不是燒飯），我太太常講：「以前兒子打電話，多半要錢，現在八成是問怎麼做中國菜。」然後，她也會牙癢癢地說：「不知是不是做給哪個女生吃！」

氣歸氣，我今天能得到回饋的還就是兒子燒的法國菜。只是，他可能用三個鐘頭做湯汁，再讓全家以兩個鐘頭飢腸轆轆地等待。卻上菜上一半，大叫一聲：「我得走了，趕不上回波士頓的飛機了！」

◉

在波士頓的哈佛大學城，他已經是老鳥，知道每一條街、每家餐館，甚至認識每個大師傅，他常邀我和他媽媽去，不說帶我們去看他的校園，只說有一家餐廳很正點。

他也吃到世界各地，尤其在台灣和東南亞國家，總去吃小攤子，吃到有一年感染A型肝炎，回紐約，瘦了十幾磅，我常勸他去些「好的」餐館，別老是坐在路旁，他卻說只有路邊攤才夠味。

◉

或許那是眞話，也可能是他小氣，捨不得花錢。雖然是玩家，他其實很節儉，我以前還不清楚，直到有位記者去哈佛採訪他，看見他到超級市場，一掏口袋，掏出一堆減價券，才知道他繼承了奶奶的美德。他甚至省到買二手衣穿，我說搞不好是惡疾的人，死了之後，丟出來的。他笑笑說「洗洗就不傳染了。」

當然，他也有大方的時候，就是當老爸老媽付錢的情況下。從小，他只要跟他媽媽去市場，一定會「順便」買東西；直到前幾天，他回紐約，陪媽媽去買菜，看到牛排不錯，也趕快買。然後說「我晚上不走了，回家烤牛排給你們吃。」

△DJ

我太太回家小聲對我說：「我眞操心，是不是兒子在學校捨不得花錢，見到好牛排也買不下手。」

我哼了一聲，說「省下錢，買他的音樂器材。」

◉

可不是嗎！他作曲的器材，足夠開個「工作室」，用他那套東西，他出了CD，幫小提琴家陳美配了樂，成立了公司，還常到紐約作專業的DJ。

所以我又擔心了，怕他這個心理博士候選人，不寫博士論文，跑去搞熱門音樂了。

他作的曲，都「熱」得要死，放出來，幾乎能把天花板震裂。我家的天花板確實有裂縫，一半得自音樂，一半因爲他在樓上跳舞。

他的舞，我見過，是八年前帶他去大陸時，在旅館夜總會看到的。據說他進哈佛之後，舞藝更爲精進，有一次去加拿大，跟個女生跳，四周的人都停下來欣賞；

還有一年，他到台南德蘭啓智中心當義工，在台南文化中心募款演講會上居然還表演了一段舞。

說到這兒，讀者應該了解，我爲什麼叫他「作書蟲也作玩家」了。他就是那種不到考試不K書，一K就K到天昏地暗，卻一邊K，還一邊跟著音樂扭的那種人。

◉

這書裡的文章也是他不到繳稿不寫作的成品，我十分感謝許多刊物，每月向他催稿，使他能用三年時間積成這本書。

書中的文章，我過去都零零星星地看過，但是直到這次編輯，才作「全面觀」。看完，我也不管波士頓是不是已經夜裡四點（因爲他常四點還在外面辦音樂會），就傳了封信給他，在信裡我說：「雖然你主修心理，又醉心音樂，但是反而在文學上先見到你的潛能，裡面許多篇，即使嚴苛的文評家，也不得不給你肯定。那是流暢、跳動、現代，且帶著一點頹廢與哀愁的作品。」

我這麼說，不知會不會因爲他是我的兒子，而作了溢美。只是掀了他不少糗事，總得說幾句好聽話。

還是請讀者給他最公正的評斷吧！

劉軒◉我那奇怪的兒子◉劉墉序

目錄

劉軒◉目錄◉

古城歎息
Sighs of the Old City

△哈佛像

◉古城歎息

她倒在地上，那個人還繼續踢她的肚子。
打到最後，看那女的已經完全不動了，
那個人才走。
過一下子，他又跑回來，
站在女的身上，
朝她頭上開了幾槍。

Work Hard, Play Hard. Work Hard, Play Hard.

愛迪英雄

今天很冷。愛迪縮著脖子，把杯子從右手換到左手。

「你趕到了嗎？」他仰著臉問。

「趕到哪裏？」

「我剛剛看到你，走得很快。」

「哦，」我笑笑。「對，趕去交報告。教授五點整就離開辦公室，我差點沒趕上。」

「嗯。」他沉默了片刻。「今天有點飄雪。」

「你這頂帽子是新的？」我問。

「這個？」他摸摸頭。「是啊。前天有一位小姐送我的。她說晚上太冷了。就在這裡買的！」他指指後面。

「我正要說，挺時髦的。」

「還好，滿暖。」他說：「我不管它時髦，只要它不讓我的頭著涼！」

◉

愛迪有張八英寸乘十英寸的照片，是他十九歲去越南打仗之前，在Paris Island照的。穿著筆挺的軍服，他曾是個英俊小子。

他把照片黏在一張紙板上，罩著一層保鮮膜，旁邊寫著：

越戰退伍軍人

無家可歸

願君幫助

上帝保佑

他坐在Jasmine服裝店和Sage's雜貨店之間。半年多，我每天上課總要經過他面前，從來沒有聽他說過一句話。不像附近其他的流浪漢，在路人面前又唱又跳，看到漂亮女生還會拍馬屁。晴天雨天，愛迪照樣坐著，跟他的照片一樣沉默。有一天我終於忍不住好奇，停下來問他："So, what's your story?"

沒想到他一開口，我們就聊了一個多小時。

△愛迪英雄

「我今天會這樣，是因爲以前太愛喝酒了。」他說：「連上班也總是醉醺醺的……有一次我躲起來睡覺，老板叫警衛去找我，把我抓到經理辦公室。這個經理，她實在是個好人，不但沒有解雇我，還特意給我一件大任務，希望激發我。哪知道我把那件重要的事也搞砸了。因爲我的錯，連經理也失去了她的職位。」

「過了半年，我在一家旅館申請當清潔工。走進去，你猜面試我的是誰？正是那位經理！」

「怎麼辦？」我問。

「我趕快轉身就走，但她把我叫住，當著我的面，把我的申請表撕掉。」

「我太太也受不了了，所以跟我離婚。我不怪她。我當時實在很糟。離開的時候，我只帶走一件東西，就是這張照片。」

愛迪說話的時候，從來不看著我，唯有直直地盯著前方，好像在自言自語。人行道太窄，我常得閃到旁邊，跟他一起靠著牆，他坐著、我站著。有一次我蹲下來，才發現從他的角度，只能見到人的腿來來去去，成為快速移動的影子。偶而有雙腿會停下來，放幾枚硬幣在愛迪的杯子裏。如果有鈔票，愛迪則會小心地捲、捲，把鈔票揉成細細一根，握在手裏。再一轉眼，手已經空了，不知道他把錢藏到哪裏了。

「街上危險嗎？」我問他。

「何止！」他笑。「如此過了兩年，我見識不少！」

那是我們第二次聊天。當下班的人潮掠過眼前，他跟我講了好多故事。

「剛開始，我很嫩。我去一家政府辦的寄宿中心，哪知道那是最危險的地方！其他的傢伙偷偷地打量我，知道我是新來的。有幾個過來，問東問西，好像很幫忙，帶我去申請公家補助，領飯票。然後我拿到補助金那天，他們拿刀來搶我。我差點這麼死了，幸好我拚命抓住刀子。刀刃割傷了我的手，可是我保住了老命。」

「你看過人被殺死嗎？」我不禁問。

「看過！天哪！」他說：

「就發生在中國城後面的小巷子裏。當時我還在酗酒。有一天晚上醉昏了，就在一座戲院後面睡著。半夜好像聽到有人在吵架。睜開眼睛，看到一個妓女——我猜她是妓女——被一個男人打得半死。我遠遠都聽得見她的頭被撞到牆上的聲音，她倒在地上，那個人還繼續踢她的肚子。打到最後，看那女的已經完全不動了，那個人才走。過一會兒，他又跑回來，站在女的身上，朝她頭上開了幾槍。」

「你呢？」

「我嚇得吐了滿身，幸好沒被發現。要是那個人知道我在那兒，我也死定了！」

他說：「這城裏有太多事情，是大家看不見、聽不到的，連警察也無知。到現在，這件事一直是我的秘密！」

有一天，愛迪告訴我另一個秘密：他其實沒打過越戰。他的部隊剛到越南，美國就決定撤兵了。他連槍都沒開，就被安送回家。

「那你爲什麼特別珍惜那張照片呢？」我問。

「其實，我並不特別珍惜它，可是如果我沒有它，我還有什麼身分？沒家、沒工作、沒婚姻，以前的我全沒了，只有這個……沒人能否定！」

半年前，當我第一次注意到愛迪，他的照片已經因爲太陽的照射而失去了原來的色澤。雖然罩著塑膠膜，也經不起波士頓冬天的風吹雪打，造成邊緣開始剝落。有一次愛迪不小心，讓一陣大風把整個紙板吹到馬路中間，正好被一輛卡車壓過去。他不得不換個板子，並把照片受損的地方折起來。每個星期，只看那照片越折越小。原來的半身照，現在只剩下一個帶著軍帽的頭了。

◉

二月帶來幾場大雪。愛迪有時候幫人鏟雪，能多賺幾塊錢，可是整天在外面，使他得了急性肺炎。在醫院裏住了一個禮拜之後，他又回到了街上，還是坐在同一個地方。今天看到他，好像有點憔悴，但是刮了鬍子，又戴上一頂新帽子，還是有點他年輕時照片上的帥氣。

「你戴這頂帽子滿好看的！」我說：「那位好心女士還很有眼光！」

愛迪沒回答，但過了一會兒，突然說：「你知道嗎，前天是我的生日！」

「眞的!?」

「那天傍晚，我在一家電器行外面，看櫥窗裏的電視——我總是在那裏看晚間新聞。突然螢光幕上打出日期，我說，『唉？那不是我的生日嗎？』」他笑著慢慢地搖頭。「在街上過日子，很容易忘記這些事。」

「那麼，我得補祝你生日快樂啦！」我說。

「謝謝你！」他抬頭笑了一下。「喔！太陽出來了！」

正在前方，天上的雲有點裂縫，陽光射出來，很耀眼。

愛迪閉上眼睛，讓太陽照在他的臉上。看他坐在那裏，我突然覺得他跟他的照片一起，在慢慢地消失。

◎古城歎息

她第二次病發的時候，
機器送了三十幾下電波，
可是沒用！
電線斷了當然沒用！
她就這樣死了，才二十出頭……

Work Hard, Play Hard. Work Hard, Play Hard.

父親哭泣的晚上

有一天，一個同學突然砰一下闖進我房間。我跟他不熟，所以當時嚇了一跳。

「哦，對不起。」他說：「我來找朋友，走錯門了。」但他沒立刻走，反而站在那兒左右看了看，說：「你房間不錯。」

那天我很忙，沒心情跟人打屁。他說我房間不錯，我只看了他一眼。當時場面的確有點尷尬。熟人也就罷了，但因爲原來就跟他不熟，這尷尬的感覺便持續到我第二次、第三次見到他，使我對這個同學逐漸產生不太正面的印象。我想，他對我也有同感。

最近我愈來愈發現，人與人之間的交情是如何的多變。這當然不是籠統地說，也不是我對人際關係表示悲觀。我只是發覺，有些人之間的交情不太像個秤，而比較像個「風標」。

◉

去年在台灣發生了一件嚴重的空難。聽到消息的那天晚上，有些朋友正在樓下辦party。Hip-hop音樂沉重的低音傳到我樓上的房間，跟東西產生吱吱的共鳴。我坐在電腦前面，查看網路上的新聞。不知道爲什麼這一件事對我的打擊特別大，可能因爲飛機載的是從巴里島回程的旅客，而我也去過美麗的巴里島，所以我可以想像出事前飛機上的笑容。

我給家裡撥通電話，反而聽到了更糟的消息。我父親告訴我，他初中最要好的同學，全家都喪生在空難中。說著說著，他竟哭了出來。我一生中只見過父親流過三次淚，但他卻在電話中哭得泣不成聲。他恢復得很快，最後只說：「沒事、沒事，好好用功。」

掛上電話，我麻木地走出房間。樓下擠了亂七八糟一大堆人，煙霧彌漫。我和一個很漂亮的女生聊起來。在party上，男女之間的交談應該像跳交際舞，但我當時的心情，只能踩人的脚。不到幾分鐘，我和那女孩子的交談已經成了辯論。突然有個人插進來。居然正是「那小子」。

◉

「他是我今晚的blind date（事先彼此毫無所知的約會）。」女孩子跟我說。

知道這是他們的約會，使我突然產生報復心理。我開始慢慢地把空難的事講給他們聽。在party場合談到不喜氣的事，對美國人來說是犯忌諱的。兩個人顯然越來越不舒服。女孩子突然站起來走了，說是要喝水。

「我也有個故事。」「那小子」說：「既然你都講到這裡了……」

「說吧！」

「前一陣子，我最要好的朋友在搶劫案中被打了一槍。」

「眞不幸。警察有沒有抓到搶匪？」

「有……就是他。他搶了家珠寶店。」

這下我楞住了。「他爲什麼要搶？」

「他人就是這樣。」他嘆了口氣：「家世很好，人也很好，可是就喜歡做壞事。

他在心理上不平衡。從十六歲就開始吸毒、搶劫、偷車，樣樣都來。」

「可是他是你的好朋友。」

「那是因爲他認識了我姐姐。」

「喔。」

「他們是一對亂世佳人。」

「什麼？」

「以前我姐姐也很糟。」他繼續說：「她曾有很嚴重的毒癮，也有厭食症，家裡都不知道。直到有一天，她身體太虛弱了，突然犯了心臟病。住院之後，才眞相大白。」

「之後她好轉了嗎？」

「我逐漸看她變好的。」他說，臉上突然露出一種光彩：「主要是她認識了他——我的朋友。我從來沒有看過兩個人如此相配。他們兩個在一起只有互相變得越來越好。他不吸毒了，我姐姐也開始吃東西了。」

這時我不禁要問：「那他爲什麼又去搶珠寶店呢？」

「這件事太糟糕了，我不好說。」他笑了一下，一個很奇怪的笑。突然抬起頭：「好吧！都講到這裡了，我也不曉得爲什麼說了這麼多，就告訴你吧！我姐姐最近死了。」

看他臉上的表情，我楞住了。

「她怎麼死的？」

「心臟病！」他很氣憤地回答。「你知道爲什麼我生氣嗎？因爲她不該死的。」

「沒人是該死的。」

「不！是醫生的錯！她第一次犯心臟病，醫生就給她動了手術，在她心臟旁邊裝了一個機器。如果她某一天心臟突然停止，那機器會自動向心臟發出電擊，把心臟啓動。她出院不到七個月，有一次滑雪的時候摔了一跤。她回醫院說她胸膛不對

△Party

勁，你猜醫生說什麼？他告訴我姐姐：『妳不要當大小姐了。裝了機器，當然會不舒服！』他甚至不肯多花時間給我姐姐做檢查。當時我們都不曉得，機器的電線斷了。結果你知道怎樣？她第二次病發的時候，機器送了三十幾下電波，可是沒用！電線斷了當然沒用！她就這樣死了，才二十出頭……」

說到這裡，他突然停住了。我注意盯著他的手，很怕他把手上的杯子握碎。

「我朋友……」他小聲地說：「我朋友今天被判了二十年。他的一生差不多毀了。」

「眞是很難過。」我說：「聽到這個消息。」

「沒什麼。」他指指自己的胸膛：「這些我全存在裡面。除了睡覺的時候，它們總是跑出來。」

他突然閉上了眼睛。隔著他的肩膀，我看到今晚與他約會的女孩子，在遠處瞪著我們。

在那一刻，我覺得時間好像慢了下來。周圍的面孔、笑聲，在我視線內全消失了，只有他側開的臉，一架墜下的飛機，和一種觸不到的傷感。我也不太像自己似地，慢慢伸出手，把這位朋友抱住。

有個不知情的同學對我咧嘴做個鬼臉，以爲那位同學搗著臉發抖，是因爲我剛跟他講了什麼極爆笑的笑話。

「講給大家聽吧！」他隔著人喊。一群人轉過來。

我一時不知該怎麼回答，只好舉起酒杯，敬了他一大杯威士忌。

◉古城歎息

我上過大學！
在奧瑞岡州！
當年我在地下賭場，是地頭蛇！
我也拉過皮條！
當年紐約四十二街，
沒人敢惹我，
妞兒們怕死我！

Work Hard, Play Hard. Work Hard, Play Hard.

一個流浪漢（不完整）的故事

好個陽光普照的日子。等了許久，夏天終於來到了波士頓。

公共汽車慢慢地搖擺著。天氣雖好，大家還是露出很不耐煩的樣子，包括我在內。早上約了一個朋友去Newbury街買唱片，現在看交通這樣子，八成又要遲到了。

每一站都有人在排隊。天氣一好，大家都趕著上街。剛才經過老人院，有個坐輪椅的乘客要上車。巴士司機花了十分鐘把後面的電動台階好不容易降到人行道旁邊，輪椅還是上不來。整個車子擠滿了人，卻沒一個下去幫忙。最後，司機自己跳了下去，一面抬，一面罵。

◉

有個人趁機溜上了巴士，開始往裡面擠。擠著擠著，巴士又突然起動，他晃了一下，差點一屁股坐在我身上。我還沒抬頭看，就聞到一股騷臭的酒氣，趕緊撇開臉，只見到一隻很黑，很皺的手。

「Freddie死了!」那個人抓著欄杆，搖搖擺擺地說。我沒理他。

「Freddie死了！」他轉向坐在我旁邊的婦人。那個太太側開身子，假裝沒聽到。

「Freddie死了！嘿！」他對四周大喊，然後居然嘻嘻笑了起來。站在旁邊的乘客都設法離他遠一點。他笑得更大聲。

「嘿！各位如果要吃中國菜，有個地方在Prudential中心。四塊五，一盤炒飯，一塊炸雞。那裡也有墨西哥菜！價廉物美！哈！」他說：「現在我要去他媽的豪華購物街，有錢人喝下午茶的地方，給我自己討點飯錢！嗯！我要吃炒飯！」

他轉身對巴士後面打招呼，衣服散發出一股尖酸的體臭。乘客們的眼睛都直直地盯著窗外。

「我是個詩人！」他說：「給我兩個字我就能寫首詩！還會押韻！」

他示範了幾句，全是髒話，沒一句是押韻的。旁邊的太太忍不住撇了撇嘴。

「我上過大學！在奧瑞岡州！美國哪裡我都跑過！我什麼都幹過！當年我在地下賭場，是地頭蛇！我是個人物！嘿！Freddie死了！」

他掏出一小瓶旅館裏常見的樣品酒，喝了一口，然後順手就把它丟了出去。一串銀色的Vodka灑到旁邊車子的窗戶上，引來激烈的喇叭聲。

「我也拉過皮條！當年紐約四十二街，沒人敢惹我，妞兒們怕死我！」（旁邊太太的笑容這時消失了）

「我叫大漢！大家叫我大漢堡！我和黑狗，還有JJ，有一次，我們聽人在賭場吹牛，說他多有錢，我們就把他押到樓上房間去，剝光了他的衣服把他捆在床上，讓他餵老鼠！哈！一下子撈了三千五百塊！我和Freddie晚上都吃龍蝦！哈哈！我是大漢堡！不要看我現在！現在我是狗屎而已！我……」

◉

他突然開始咳嗽，咳個不停，甚至有點做嘔。旁邊的乘客都繃著臉。巴士慢慢地搖著。

「我五十五歲啦！我什麼都見過！我是大漢堡！」他喘著氣說。

有群剛下課的小學生擠上車。他們穿著超寬的褲子，戴著隨身聽，跟自己耳朵裏的音樂嘟著嘴點頭。

「Freddie死了！」他說。

接著有些中學生上車了，背著書包，膀子下夾著籃球。那個人被擠得越來越後面，只見他的手在人群中尋找欄杆。

「Freddie死了！」他又喊一次，聲音有點著急。

「誰管你的！」有個人突然大聲回他。

一群學生全笑了起來。有些乘客也忍不住，嘴角向上揚了一揚。

巴士又開始慢慢地搖。那個人大概被擠下車了，因爲沒有他的聲音。車裏突然變得很安靜。

終於到站了。我趕緊下車，戴上墨鏡，加入街頭其他帶著墨鏡的人群。Newbury街的櫥窗在陽光下閃閃發亮。名牌車塞得水泄不通。雜音一下子包圍住我，全溶成一片模糊。四周全是人臉、人影，但看不到表情。

◉

人越多的地方，越容易覺得寂寞。

在這燦爛的城市中，如果你不是going somewhere, doing something,或者是with somebody,就很可能成爲nobody。你可能大聲叫“HELP!”,但別人只說「誰管你的！」在這人海之中，太容易被淹沒了。

誰是Freddie?誰管?城市裏沒有空間讓人問這種問題。一個流浪漢的故事沒有結局，因爲沒有人會過問結局。

還好，不久便將看到我的朋友。我加快脚步，巴士上流浪漢的吶喊，已經在耳朵裏成爲遙遠的蒼蠅。

劍橋倒影

Cantabrigian Reflections

◉劍橋倒影

春天來了，校園裏的女孩子都穿起短裙。
其實天氣還沒那麼暖，
不曉得她們怎麼受得了，
她們很像森林裏的鹿；
背著書包，短裙飄飄的鹿。

Work Hard, Play Hard. Work Hard, Play Hard.

哈佛的春天

春天以一場濃霧，降落在哈佛的校園。

很久沒有聞到那股濕濕的味道了，空氣裡面一種生活的氣息，帶著一點泥土和青春的香味，雖然青草那部分屬於幻覺，因爲地上的草還沒長出來。

我走在校園最古老的建築之間，有點在游泳的感覺。期中考剛結束，昨天趕了全程的夜車，早上又沒來得及吃東西，現在看什麼都迷迷糊糊的。從教室裏走出來，本來想直接回宿舍睡覺，但聞到外面的空氣，又突然醒過來了。

圖書館壯觀的灰色台階上，又開始有彩色的點子：學生們坐在那裏看小說、聊天、等人。眞像是一張圖畫卡。當美國人想到「哈佛大學」的時候，他們腦子裏呈現的就是這副景象。這些學生全在當學校的模特兒。

街邊的咖啡店前面，有很多人在下棋。春天來，表示「棋王」也回來了。他掛個小牌子在椅子上：「和棋王下棋。一次二元」，整天坐在同一個地方跟學生，跟行人，跟自以爲很了不起的觀光客們下西洋棋。通常他一整天也不會輸一場。

△要跟棋王下棋嗎？一局兩塊錢。

◉

我坐在附近，吃三明治，脚下一大群麻雀在撿我掉的渣子。通常我會刻意餵牠們，但今天我的注意力被兩隻鴿子分散。牠們在椅子的鐵脚之間跳來跳去，公的追著母的，跑前跑後，像小丑一樣，不停發出「咕嚕咕嚕」的聲音。母鴿子很有尊嚴地走東走西，好像刻意躲開那個小丑，但小丑死不放棄，追來又追去。我很佩服那隻公鴿子的毅力，眞是「鍥而不舍」。要是我的臉皮也那麼厚，如今早不知道有怎樣一片天下。

春天來了，校園裏的女孩子都穿起短裙。其實天氣還沒那麼暖，不曉得她們怎麼受得了，但我也沒話說，因爲眞是滿好看的。她們很像森林裏的鹿；背著書包，短裙飄飄的鹿。奇怪，男同學都沒那麼幽雅，給我的感覺，反而像是穿著牛仔褲的懶熊。

傍晚，地鐵站旁邊熱鬧起來了。蓬著五色頭，穿著兩三個鼻環的龐克全坐在一起抽煙。另外一邊，學生們站在報紙攤的燈光下等人。有一群南美來的原住民穿著傳統服裝，敲著傳統樂器，在街頭演奏。據說他們在美國四處串，整年在各城市街頭賣唱，還賺不少錢。聽到他們的音樂，也知道春天來了。

◉

我在地鐵站送走一位不算很深交的朋友，剛花了幾個下午陪他逛校園、當導遊，解釋已經解釋過幾百遍的哈佛傳說。

爲了不至自己乏味，我開始亂編故事。「這棟樓裏藏有從金字塔偷出來的寶藏」，「有人在這棵樹下發明新的物理定律」等。傳說畢竟是傳說，越離譜越好聽。然而，請人在附近的印度餐館吃晚飯之後，再送上地鐵回旅館。這種事我好像已經做了無數次。

春天的夜裏特別吵，尤其當酒吧打烊之後。一大群人肩搭肩在街上走著唱酒歌。他們的歌聲在春天濕濕的空氣裏聽起來特別醉。晚上回宿舍時，跟幾個人擦肩而過。

我不經意地回頭看看，沒想到他們也正好回頭看我，其中一個人罵了一句髒話，又轉過頭去。

「你說什麼？」我掉頭跟上前，提高聲音。

「你聽清楚了！不用再問！」

「我沒聽見！你有話過來說！」我繼續向他們走過去。

三個人停下來了，聳著肩，背對著我說：「想過來試試看？」

「你有膽走過來這裡說！」

「你再過來！小心我扁你！」

我看看他們三個人，心裏沒把握，只好氣著回宿舍。想來想去，越想越火，決定給朋友打電話。

「算了，他們三個醉的，對付你一個清醒的，你也打不過人家。」

「就因爲他們三個喝醉了，我還可能打得過他們！」

「你也沒把握。他們萬一有槍怎麼辦?我看你得洩點氣,我們去河邊跑步好了!」

◉

夜裏一點半,我和朋友沿著學校旁邊的查理河慢跑。路上是漆黑的,想起來這比什麼都危險,但今晚兩個人膽子特別大,也跑得特別遠。夜裏很冷,我們吐著白煙,一面聊天,一面朝著遠處的波士頓夜景跑去。在一座橋下,我們經過一群在吸毒的人。在河邊的板凳上,我看到一對情侶在擁抱。還有在一處柳樹特別多的地方,看到一個老頭子坐著,單獨就坐在那裡。他給我的印象最深。他為什麼一個人坐在那裡?我一邊跑,一邊想了好久。

回到宿舍,我和朋友打電話叫外送比薩。來的是個矮矮的墨西哥人。「今天晚上忙死了!」他端著紙盒,晃著下巴說。

吃了比薩,喝了汽水,我把窗戶打開,讓食物的味道散出去,換來深夜的淡香。朋友留下來聊了一會兒,但他顯然睏了,不久便不得不告辭。

我坐在窗台上，看著外面的鐘塔。再過兩個小時，就可以聽到鳥叫了。小鳥清脆的叫聲，也象徵春天的來臨……

◉劍橋倒影

船員爲了讓頭等艙的乘客能上救生艇，
把下等艙的乘客鎖在船內。
當時在頭等艙的女士們將近百分之百被救，
但在下等艙的乘客只有八分之一的生存機會。

Work Hard, Play Hard. Work Hard, Play Hard.

永不沉沒的愛

在戲院裡看「鐵達尼號」的時候，旁邊的朋友突然轉過來問我：「你想這故事是不是眞的？」

「Titanic，這麼有名的歷史故事，難道不是眞的？」

「不不不，我是說電影裡描寫的。這個年輕的畫家，這個女孩子，他們的這段戀愛故事……你想是不是眞有這麼一回事？」

據說James Cameron，這部電影的導演，就爲了故事的「眞實性」而不惜一切。他曾經特地向蘇俄的海洋科學中心雇了兩艘深海潛水艇，到Nova Scotia東七百英里、Newfoundland南三百英里的外海，冒著極大的危險潛到一萬兩千多英尺的深海下，去看鐵達尼號的殘骸。他叫潛水艇開到殘破的甲板上，在那裡停了許久，就爲了讓他能夠「更眞切地體會……這故事的感情意義」。

不知道是否眞有這麼一對情人。即使電影裡的故事是虛構的，它所象徵的也只是在鐵達尼號甲板上的千百個故事之一。我們可以說，當時的每個故事都是令人感動的。

◉

我對「鐵達尼號」的興趣，也有一個更貼身的原因——其中的乘客之一，曾是哈佛最重要的校友。

他叫Harry Elkins Widener。他的畫像掛在我們圖書館的大廳中。每次去借書還書，都會看到。二十幾歲時，他便在鐵達尼號上喪生。他母親爲了紀念他，捐了一大筆家產給哈佛，在校園中間建立了一座龐大的圖書館。如今這圖書館就叫Widener Library。它是哈佛最重要的一部分。

就圖書館而言，這棟建築有如鐵達尼號一樣的氣魄。大廳內有四十五英尺高的拱形屋頂，玄關裏有水晶吊燈和銅飾扶手，連廁所的地板和隔間，用的都是大理石。

藏書同樣驚人。四百多萬本，列在一條條鐵書架上，成爲一個往上下各伸展五

△哈佛圖書館

層樓的迷宮。有時候只有跟著地板上不同顏色的記號，才能找到正確的區域。不小心的人只要從架子上隨便抽下一本書，放在別的架子上，那本書就很可能再也找不到了，可見這裡的藏書有多麼複雜。

圖書館最神秘的一點，是從大門進來，走上一段白色大理石的台階。在一扇厚重的鐵門後面——Widener的紀念書房。據說這房間完全根據他的私人書房而建。走進這燭光暗淡的屋子，常可以看到一些稀有古書，陳列在裝有警鈴的玻璃箱內。

◉

據說，當年Widener夫人在捐這座圖書館的時候，向哈佛提出了三個要求：

一、這座圖書館的外形，不得改動一塊磚頭。這點哈佛勉強辦到了。當圖書館後來不得不擴充的時候，爲了不動「磚頭」，校方特別從二樓窗戶打了一條天橋出去，連接到別的圖書館。

二、她兒子的書房內，必須有鮮花。這點哈佛也辦到了。如今每個禮拜都有一把鮮花插在Widener書桌上的陶瓷花瓶裏。

三、這一點就有爭議了。有人傳說Widener夫人曾要求每個哈佛新生必須學會游泳，但後來學校為殘障學生著想而廢除了這個條例。也曾聽人說，Widener夫人堅持要每個學生天天能吃到冰淇淋。不知這是眞是假，但我上哈佛的幾年內，的確發現每餐都有冰淇淋，而且常不只一種口味。

◉

因爲知道Widener的故事，使我在看「鐵達尼號」的時候，特別感覺到歷史、現實、和戲劇的交叉。當電影裏描寫船上頭等艙的豪華宴會，看著那些身著燕尾服的貴冑走來走去，我不禁心想：年輕的Widener是否就在其中？

鐵達尼號撞到冰山之後，過了兩個多小時才下沉。之所以有那麼多人喪命，是因爲船長認爲船太安全，而沒有準備足夠的救生艇。到最後，船員爲了讓頭等艙的乘客能上救生艇，把下等艙的乘客鎖在船內。根據導演的查考，當時在頭等艙的女士們將近百分之百被救，但在下等艙的乘客卻只有八分之一的生存機會。

根據他家族的財產，想必年輕的Widener是頭等艙的乘客。那他又爲什麼沒坐上救生艇呢？這個迷只有隨著他和鐵達尼號，沉到兩英里深的海底了。

最近我發現Widener圖書館外面打起了藍色的燈光。在雨濛濛的夜晚，看起來有點像是水底的城堡。大學四年去這圖書館那麼多次，我突然發覺我從來沒見過Widener女士的畫像。她好像刻意只要人們注意她兒子——一位年輕的紳士，這麼早離開世界。

在一九一二年的那個晴朗的夜晚，有一千五百多人喪生在冰冷的海水裏。一千五百多個我們不知道的故事，除了追悼他們的人所留下來的紀念。

Widener母親眞是偉大。當別人立墓碑時，她建了圖書館；當別人哀悼自己的傷痛時，她造福了成千上萬的人。因爲Widener夫人的心意，年輕的Widener不但沒有被遺忘在深海裏，反而成爲了哈佛最重要的校友。

◉劍橋倒影

我的老奶奶整夜守在床邊，
捧著一碗酒精，
用棉花球抹我的背。
「退燒的。退燒的。」她說。
「酒精涼涼的，很舒服。」

Work Hard, Play Hard. Work Hard, Play Hard.

四季夜晚的遐想

春夜

今晚有霧，街上每盞路燈都罩了個光環。空氣聞起來濕濕的，好像有重量，我感覺自己正懶散地溶化在其中。

五分鐘之內已經數了十五對情侶，似乎大家都選定今天晚上出來散步。看到我，他們一定有點緊張：樹下面黑忽忽的一個影子，身分不明。男的都不自覺地把女朋友拉到身旁；原來不牽手的，也牽起手來。有些年輕小子，好像覺得該表現自己是個男子漢大丈夫，還會狠狠瞪我一眼。哈哈！你瞪啊！

突然想起去年，我和妳在這條路上散步，當時也有一個人，坐在我現在這個位置，抽煙。遠遠的我就警覺到，然後小心地摟住妳，雖然沒有明顯地瞪那個人，也從眼角瞄了他許久，還回頭確定他沒有跟上來。

後來我問妳有沒有注意到那個人，妳說沒有。我覺得難以相信，難道妳那麼不小心？可是妳卻把頭靠在我的肩膀上，說妳覺得好安全。

今天晚上坐在這兒，頭上罩頂黑帽子，披著寬鬆的黑皮夾克，嘴裏叼根煙，我正好替代了那位神秘的老哥兒。不曉得多少情侶因爲看到我，也都摟得緊一點，讓彼此感到安全。我好像在負責一個天定的任務，其實只是在想妳。

夏夜

輕輕地，彷彿隨時要消失，她的指尖撫過我的背，我的脖子，我的肩膀，滑下我的脊椎，流覽在腰部中間的小窪窪，感覺像毛毛雨，又像毛毛蟲，又像一隻蝴蝶在我的皮膚上振翅。

Touch me，我跟她說，我想我發燒了。這個夏夜好像什麼都要燒起來。窗子生銹了，只能開到一半，我恨不得把它拆下來，拉倒這四面牆，把這斑駁的屋頂整個踢到街上去。如果突然來一陣龍捲風，我希望它把我捲去一片空曠的平原，含著露水的青草地，在那裏讓我的苦悶蒸發到星星的夜晚。

我七歲那年，病特別多，動不動就發高燒。即使現在閉上眼睛，我還記得當時床單上的花紋。我的老奶奶整夜守在床邊，捧著一碗酒精，用棉花球抹我的背。「退燒的。退燒的。」她說。「酒精涼涼的，很舒服。」

或許正因此，現在只要在我的背上輕輕撫摸，我就能夠很快地進入夢鄉。

黑暗中，她的呼吸很平靜。我假裝沒醒，讓她繼續輕輕地觸我。一橫、一圈、一點，原來她在我的背上寫字。這麼久我才發覺，是我和她的名字，一遍又一遍。

秋夜

「這是什麼？」

「Moon Cake。月餅。」我把盒子舉到他鼻子下面。「你不是知道中秋節的嗎？就是吃這個。」

「哇，好甜，這裏面是什麼做的？」

「你吃的這個只有豆沙，這個是……（想不到怎樣用英文說「棗泥」）……然後這裏面有個蛋黃。」

「一整個蛋黃？」他拿起刀子要切開來證實，我趕快把盒子抽回來。「不要亂切。你切了就要吃掉。」

他看一下手上拿的那塊。「這個太甜了，要是有牛奶配著一起吃就好。」

夜裏這個時候，只有二十四小時超市還開門。我們順便也買了一瓶現榨的蘋果汁，拎著兩個塑膠袋晃來晃去。

自從前天晚上的一陣大風，樹上已經少了一半的葉子。走在街上，我們的大衣飄得高高的，像超人的披肩。我喜歡這種帶有寒意的天氣，清爽但不刺骨。路邊一個角落有旋風，地上的乾葉被吹得唰唰地團團轉。我們穿過去，葉子就都安靜下來。

遠處的街頭有一個鐘塔，它的右上方掛了一彎新月，輪廓非常淸楚，就像漫畫裏月亮的形狀。它浮在星星的前面，彷彿就在不遠的天空，好像從鐘塔頂上的窗戶就可以伸手摸到它的尖尖。我們坐在宿舍前面的台階上，我跑進去把月餅拿出來。

「你爲什麼不在中秋節吃這些？」他問。

「因爲中秋節之前的月餅都太貴了！」我說：「過了節之後沒人買，才比較便宜！」

「你眞小氣！」他說：「過節的東西應該過節的時候吃。」

「其實我全家都是不太過節的。今年他們說要寄一盒月餅過來，我說何必呢？

要花那麼多郵費……後來他們沒寄，我心裏卻又覺得怪怪的，所以才去中國城買了這盒。不過我從小就沒有太愛吃月餅。」

「所以你才那麼瘦！」他捶我一拳，順手又拿一塊。

「月餅配牛奶不難吃！」

果然不難吃，但是最後大半盒都是被他吃掉的，包括那個有蛋黃的。

冬夜

窗子的雙層玻璃上，我有兩個倒影，重疊在一起，看來好像我在快樂地擺動，變得模糊不清。我覺得它正好描繪了我現在的心情。

三個大考，四篇報告，一共加起來要寫六十多頁。每年到了這個時候我都說要早開始，這次不能拖了，可是功課似乎一年比一年重，情況越來越糟，我已經差不多進入「債多人不愁」的境界。

桌上沒地方，我的工作空間已經延伸到四周的地上，沙發上，床上。我今年特別買了一張大床，爲了睡得比較舒服（學校的床爛透了），現在每一英寸都舖著紙張、課本、圖書館借的書（過期了）。其實有一些我已經用不上，可是報告完成之前我懶得整理，心理上似乎保持亂亂的才覺得像在工作。睡覺時，就把東西挪一下，所以現在床上空出來的地方，正好是個人的輪廓。

外面的雪下得滿大，有點冷風從窗戶底下絲絲溢進來。我抓了幾張報紙在壁爐裏生起火，然後跳上電腦查我的E-mail。突然想做幾個伏地挺身。牆脚有一捲海報，上個月買的，可是找不到地方掛。我帶著它整個房間走了一遍，還是沒地方掛。

火生起來就暖和多了。我一直有個幻想，一個人住在郊外的小木屋裏，外面下著厚厚的雪，壁爐中燒著木柴。我穿著睡袍，坐在一張大扶手椅上，藉著火光讀一本好書。我把燈關起來想像這個畫面，影子在四處跳動。

街上傳來一陣笑聲，大概有人在打雪仗。我的室友又跟他的新女友隔著牆咚咚咚的。我放進一片ＣＤ，把音量開大。桌上有一把打洞機，我把裏面圓圓的紙屑倒在手裏，打開窗戶丟出去。紙屑跟雪花飄在一起，跟著風轉啊轉的，暫時分散我的注意。

◉劍橋倒影

把身上的雪拍掉，
有點不好意思地四處看看時，
發現雪上有個紅紅的東西。
他撿起來，
發現竟是自己的耳朵。

Work Hard, Play Hard. Work Hard, Play Hard.

雪天在哈佛

△雪有時候很亂、很髒、很爛，一點也不純潔。

早晨醒來，發覺窗外有種特殊的光影。沒戴眼鏡，只見外面一片白，隱約聽到街上傳來「喳啦、喳啦」，鏟子的聲音。

天哪，又下雪了。

裹件睡袍，光脚跑進浴室，打開熱水，噴出的卻是令人尖叫的冰涼。這也難怪，因爲整個宿舍都在搶著沖澡。我趕緊摸回房間，鑽回被窩，一面發抖，一面盤算著今天能不能翹課。

以前從小學到高中，每逢下雪，我就會賴在被窩裏，豎著耳朶聽收音機。雪大的時候，學校可能在廣播上宣布當天停課。聽到那消息，有如中六合彩的興奮，可是在大學，我從來沒碰過因天氣而停課的事。即使龍捲風偷襲哈佛，把教授都捲起來，我懷疑他們還是可以及時趕到講台上。當然，這使學生們感到慚愧，尤其像我這種，一下雪就不想上學的。

◉

「走在雪裏多美呀！」一位剛從台灣來的學生曾對我說。「在那白皚皚的地上留下脚印，感覺雪花落在臉上，這是我最嚮往的！」

對不起，朋友，並不是那麼美好。

雪厚的時候很難走路，雪薄的時候非常危險，因爲路面很滑。更怕溫度下降，地上的濕雪全結成一層冰，再灑下鬆鬆的乾雪，就成了陷阱。常常有人不以爲然地踩下去，立刻摔個四脚朝天，跌斷骨頭的事不算罕見。

曾經聽說有位同學的朋友冬天去河邊晨跑，回到宿舍時在台階上滑個大跤。他趕緊爬起來，把身上的雪拍掉，有點不好意思地四處看看時，發現雪地上有個紅紅的東西。他撿起來，竟是自己的耳朵。

我在高中時也曾有過驚險的經驗。一天早晨趕著去學校考試，麻煩母親開車送我到火車站。路上有積雪，輪子不斷地打滑。到了一個十字路口，母親赫然發現車子煞不住。她拚命扭轉方向盤，車子突然打橫並失去控制。我坐在前座，以爲自己一定完了。車子衝上人行道，還是停不下來，直到衝進別人的院子。碰的一聲，撞上了樹叢，才停住。當然，我是遲到了。

◉

雖然雪很麻煩，但是每逢飄起雪花，我內心還是會默默歡呼。無可否認的，雪很美。它是最好的室外裝潢，也是現成的玩具。

小時候，奶奶一面拿著衣服在後面追，我一面往門外跑，希望雪一直下、不停地下，恨不得它下到三、四層樓的高度。可以從屋頂上跳到雪堆裏，或從二樓挖個雪隧道出去，多過癮哪！

當然，在紐約不會下那麼深的雪，所以地上有一點白色，我便跑到院子裏打滾。小時就思想深沉的我，喜歡假裝自己是英國探險家史考特（Robert Scott），在南極喪生。我把手插到雪裏，即使冷得疼痛、麻木，也覺得好玩。

不曉得凍死是什麼感覺？不曉得史考特在南極凍死之前，腦中是否曾閃過兒時

玩雪的歡樂？

冷風讓窗戶打抖。雪花在路燈下，好像一大群飛蛾繞著燭光。我評估地面上已經有兩、三英寸。穿上厚厚的牛仔褲和靴子，套上T恤和兩層毛衣，再加上夾克、手套、毛線帽，最後倒一杯熱紅茶到肚子裏，總算可以出去了。我奶奶這麼多年來，畢竟沒有白費唇舌。每次走出門，我還是彷彿聽見她在後面叫：「穿多暖著點兒！」

從Harvard Yard傳來一連串歡呼聲，想必是新生們在打雪仗。新生對什麼都有著新鮮且極端的反應；有時候他們比兒童還要兒童。每年第一次下大雪之後，新生們都會照傳統而狂歡。他們尖叫著從宿舍裏衝出來，丟雪球、把雪抹在身上跳舞。有些男女同學甚至把衣服脫光，在校園內裸奔。還有人拿學校餐廳用來端食物的塑膠托盤，在圖書館的台階上滑雪。

我在大一的時候，也跟著大家一起作樂。有幾位南方來的同學，從來沒看過雪。

在家裡鏟雪，比較溫暖。

他們到處跑，伸著舌頭吃雪花，然後跳進雪堆裏把自己埋起來。我把音響搬到窗口，大聲放techno舞曲，在宿舍外面開起party，眞是樂死了。

◉

可是到了大二，這種事就再也沒了。去圖書館滑雪？同學們只會說「那是新生幹的事！」我們高班生，全成了雪地裏沉默的影子，弓著背在校園裏趕來趕去。怎麼了？我們是否轉眼就變老了？是否背上越來越重的書包，使我們失去了生活的情趣？

有一次下大雪，就像今天一樣。我還發著高燒，又等不到巴士，在雪裏走了半個鐘頭才回到宿舍。進門時又濕又冷，房間裏的暖氣也不太靈光。我捧著一杯熱的自來水，坐在床頭，想起了李白的《夜思》。

對我和多半的同學來說，離開家進入大學之後，就不會再搬回家裏。大家先狂歡地慶祝新的自由，然後慢慢地咀嚼新的寂寞。每次下雪，都使我想起童年的無憂，再想到現在的忙碌和壓力，特別感傷時光的流逝和成長的無奈，覺得雪景像夕陽，有一種淒美。

在學校大鐘和昨天未完成的作業的催促下，不得不回到現實。走雪地去上學，又冷，又危險，又討厭，但我還是加入了那群雪地中的影子，拖著步子邁向教室……

城市獵人 Neo-City Hunter2

◉城市獵人

在紐約，
搶劫日本人已經不如搶台灣人來得划算，
因爲台灣觀光客隨身帶的現款多，
行爲又很惹眼。

Work Hard, Play Hard. Work Hard, Play Hard.

你是名牌嗎？

在紐約，搶劫日本人已經不如搶台灣人來得划算，因爲台灣觀光客隨身帶的現款多，行爲又很惹眼。成群的阿公阿媽，在百貨公司瘋狂購物的現象，已經成爲一種紐約的風景。

最近有幾位朋友來，就十足表現了這種精神。原來充當導遊的我，到最後反而一直跟著他們跑，從上城跑到下城，又從下城跑回中城。自由女神沒興趣看、中央公園沒興致去，只把大大小小的商店全逛遍了。「紐約一日遊」，不如說是「紐約一日購」。

「購物紐約」有好幾個很分明的區域，供應不同的消費層次。從Upper West Side的精品店，到Fifth Avenue的豪華百貨公司，到Chelsea區的廉價批發商，很可能同一樣東西的價錢在十幾條街之間就能達到一倍之差。

重視價錢的消費者，可以去Century 21、Filene's Basement這種倉庫式的購物中心，在人群中一番打拚之後，找到最划算的東西。第五大道上的名品店可不一樣。在投光燈的照射下，櫥窗裏最時髦的衣服亮著高傲的價碼。一件毛衣常要好幾百美元，一件夾克要好幾千，一件大衣更不用談了。我這個窮學生跟著觀光客朋友走進去，卻只有站在那裏，臉上裝出很不以爲然的樣子，心中卻在驚嘆：那麼貴！可是台灣朋友似乎不在意，買了又買。

「好收穫！」他們說。「Giorgio Armani在台灣比較貴，Jean Paul Gaultier，在台北都很難找，還有……」他們舉起手上的袋子：「Bergdorf Goodman的shopping bag，當然正點！」

◉

可不要小看那些名牌店的紙袋。它們所代表的，遠超過它們本身的價值。拿著袋子走在街上，好比亮出金卡或VIP的頭銜。突然，叫計程車變得比較容易，旅館裏的服務生顯得特別友善，連路上行人的眼光都似乎不同（我也從眼角注意到幾個搶匪類的人物一直瞄著我們）。

朋友們告訴我，在台北也一樣。手上抓個平常夜市裏買東西給的「銘謝惠顧」塑膠袋，沒人會理你。可是拿幾個Joyce的購物袋，連本來沒座位的餐館，都會突然有空。

記得有一次，在曼哈頓走了一整天之後，我手上的袋子突然破了，東西掉了滿地。那時正好經過Nieman Marcus（一家專賣名牌的百貨公司），我進去跟店員要個手提袋。沒想到小姐冷冷地說：「對不起，先生，本店的購物袋是不隨便給人的。」

我楞了一下。「那我跟妳買！」我說。

小姐更不屑：「對不起，先生，本店的購物袋是免費的，但只能給在此消費的顧客。」

其實那位小姐並沒有錯，因為我沒有買東西，她照理不應該送我購物袋。可是我難免又急又氣，腦子裏突然浮起個畫面：一條報紙標題——《亞裔青年搶百貨公司，不搶貨卻搶袋子》。

沒辦法，我只好買下店裏最便宜的東西——一大包化妝用的棉花球，才得到袋子離開。不過心裏一直有點不服氣，所以回家之後，就故意拿那袋子裝垃圾。

◉

還有一天，我看到一個身穿貂皮的金髮女郎，拎著大包小包走出Saks Fifth Avenue，很神氣地邁向等在門口的黑色轎車。不遠處，有另外一位女士，也拎著許多袋子，不過那是個無家可歸的Bag Lady。（美國人俗稱總拿著大塑膠袋撿破爛的老太婆們爲"bag ladies"）

「嘿，太太！」Bag Lady突然抬起頭大聲嚷：「我跟妳交換袋子好不好？」

路過的人聽到了，都大笑起來。富豪女士的臉卻脹得通紅，把車門碰一下關上，差點夾到她司機的手。

◉

據說有人曾在廣播節目上對前紐約市長Edward Koch提議，派遣一隊「香水車」到中國城、西碼頭魚市場、和紐約最臭最髒的地方噴灑芳香劑，以達到「鼻不嗅爲淨」的效果。Koch則很幽默地問這位市民，應該選用什麼牌子的香水。

於是，我也癡人說夢，加上一個類似的建議：給紐約市所有無家可歸的人，免費提供名品店購物袋一疊，讓他們走在街上，可以跟有錢人一樣地拉風。

有了袋子，管它裏面裝的是什麼？如果是鑽石，本來就不需要包裝，但如果是盒爛臭的叉燒，也不必煩惱。只要閉上嘴，亮出名牌，抬著鼻子向前走，紐約、台北、東京、巴黎……

歡迎來到這個時髦的世界！

◉城市獵人

哈利狗向我們承認了大家早就懷疑的一件事：他是同性戀。

「畢業之後，我才眞正認知自己。」他說：「對不起到最後才告訴你們。」

Work Hard, Play Hard. Work Hard, Play Hard.

蒙特婁狂歡的周末

如果這是一部電影，而第一個鏡頭是高速公路的路面，接著則是我們旅行車的輪胎和底盤，從上方飛過去。引擎的震動、很吵雜的音樂和我們的胡鬧聲，撕裂了原本的寧靜。

死搭補放進一捲house music卡帶，並把方向盤左右轉來轉去，整部車子搖得像一艘船似的。

「好耶！」我們叫，在椅子上隨著節奏彈動。

但坐在旁邊的山姆，照他愛當老大的習慣，又在一半把音樂換成重金屬。

「笨蛋！少亂搞！」我們抗議。

“Shut up and listen!”他說，一面用手指揮，一面跟著旋律唱起來。過了不久，大家也受他的感染，一起唱得很大聲。

◉

這種長途車程，尤其與一群好朋友，有點像是精神分裂病人的情緒：忽而高，忽而低。高的時候，我們的話題從東飄到西，從西飄到東，中間沒有任何連接的邏輯；低的時候，大家全呆在那裏。大概也是因爲彼此太久不見了，好聊的事情太多，卻什麼都沒辦法說得完全。越吵越熱，最後就是胡鬧，胡鬧完了就打盹，或喝酒，八個小時下來，車子裏滿地都是空瓶子。

剛剛在路上發生了一件既荒謬又惡心的事。哈利狗說他要上廁所，死搭補不肯停車，他就尿在一個罐子裏，然後倒到窗戶外面。但他沒先問我們後面的窗戶是否搖上了。高速公路的風大，前窗倒出去，就從後窗飛進來。我們正在聊天，突然「唰」一下，好像被人開了噴水機，潑了大家滿臉。

「那是什麼!?什麼東西!?」我們簡直無法相信。大家立刻跳下車換衣服，哈利狗還來不及道歉，已經被我們痛扁了一頓。七個男生一起旅行，虧在我們身上發生這種事。

到了美國與加拿大的邊境，我們趕緊把酒藏起來，但收拾不了車子裏的味道。官員過來一看就皺起眉頭。「你們從那裏來的？」他問。

「紐約！」

「爲什麼要來加拿大？」

「我們是大學同學。這是我們的重聚旅行。」山姆回答。

「你們可淸楚這裡的法律？」檢察官一面翻我們的證件一面問：「有很多美國人以爲來加拿大就可以逍遙自在，出了事之後才後悔。所以先提醒你們：凡事多用大腦。走吧！」

「謝謝您！」我們齊聲說，然後上路之後，山姆從後窗伸出中指。

◉

這次去蒙特婁，是山姆的主意。他向來是我們之中最「哥兒們」的一個。回想畢業那天，合照的時候，他差點哭了出來。我們這群朋友之間的聯絡，大都靠他一手包辦。不過也眞可憐，他好幾次想要辦這種集體旅行，每次不是這個沒空就是那個太忙。終於有個周末能把多半的老哥們湊在一起，全是他的功勞，也難怪他現在那麼興奮。

進入市區，我們隨著地圖繞來繞去，大聲地用很不標準的發音念出那裏的法文路牌，終於找到旅館。JB也正好到，跑到街中央跟我們擁抱歡呼。他從多倫多開車過來跟我們碰面，帶了兩個女生。我認得其中一位，曾是同班的同學。JB就是這樣，老是帶著女孩子，全是「女的朋友」，卻沒辦法把她們變成「女朋友」，可憐的凱子。

「全到齊了，全到齊了。」他點著頭說：「我看你們已經醉了！」

「好戲還在後頭！」屁爹爹跳下車，給他一個黑人式的半擁抱。死搭補、甘迺迪和鍋貼急著衝進旅館。哈利狗在一旁跟女孩子聊天。山姆去停車。「嘿，JB！」他問：「這裡的酒吧幾點打烊？」

「如果這裡像多倫多，那八成到清晨！」

◉

晚上十一點多到Crescent Street，蒙特婁的酒吧街，到處都是年輕人。我們十個走在一起，勢力特別強，聲音也特別大。別的男生看見我們，八成像看到刺蝟似的。不過也因爲我們十人裏有八個男的，想進酒吧和disco都比較不容易。看門的bouncer向來重女輕男，像我們這樣的，只有站在外面排隊吹冷風。JB的兩個女的朋友站在前面，才終於讓我們擠進一個酒吧。

酒吧裏的人從牆壁擠到牆壁。像鍋貼這種小個子，一進去就被埋在人堆裏。甘迺迪塊頭最大，也最先打拼到吧台，回頭遞過來一杯杯tequila。大家都把杯子舉在頭上，怕灑了。

山姆開始發表一個很長的敬酒詞，但實在太吵，只見他的嘴巴在動。最後好像聽到「乾杯！」，我們一起揚頭灌下去，烈酒燒著滾進肚腸。

「再來一回！」死搭補叫。「再來一回！」甘迺迪對bartender喊。

可是我沒有看到再來。地方實在太擠了，過了不久，其他的人已經不曉得被分散到那裏去。我和哈利狗跑到舞池的角落迴避一下。

「這裡的音樂很俗！」他說。

「我想我們最好去別的地方！」我說。

「好主意！我去找山姆。」說著他也消失了。

過了好幾首歌，酒精有點燒上臉了，從人群裏伸出一隻手，是鍋貼。

「山姆說這裡太擠了！我們去對面那一家！」他隔著音樂嚷。

◉

對面那一家稍微好一點，但我們陸續進去，一下子又分散了。我看到屁爹爹在舞池旁邊「打獵」，就選另一個角落，準備觀賞好戲。屁爹爹的技巧是「靜如臥虎、動如脫兎。」他盯準一個女孩子，使對方不得不注意，一有機會，就大膽地抓住她的手，在她耳邊說幾句很「屁」的話。他不曉得因此吃過多少耳光，但偶爾成功的時候，他那種油嘴滑舌的本領，還眞讓人佩服。過了一會兒，看他還沒出手，可能是技巧生銹了。

一隻粗膀子搭在我肩上。是甘迺迪。「哈哈！原來你在這裡！」他說：「走！我們去找馬子！」

我跟他繞著酒吧鑽。先是一個女孩子坐在電動遊戲機旁邊。她說她在等男朋友上廁所。接著是三個女孩子，不，應該說「女士」，對我們顯然毫無興趣。其中一位長得很像Sandra Bullock。我這麼跟她說，她翻翻白眼。算了吧！幸好鍋貼及時找到我，把我抓去灌酒。他醉的樣子很好笑，像個小肉球，一直拍著我的背說：「他媽的，今天既然一起在這裡！太妙了！太鮮了！」又說：「看他媽的那個小子甘迺迪，長得一副端正總統像，其實是色狼！嘿！色狼！」

「你也是色狼！」山姆過來說：「你要我提醒你跟瑪西那次？」

同學會是一群「老人」在一起說年輕的時候，也是一群年輕人在一起說「老時候」。

「啊！瑪西！」鍋貼拍著膝蓋，笑得快從凳子上滾下來。

◉

我出去透口氣，發現JB和哈利狗，跟JB的兩個「女的朋友」站在外面聊天。看他們四個的正經樣子，我反而換成鍋貼的角色，瘋瘋癲癲地跑過去。「幹麼，你們準備參加喪禮啊？」

「這裡沒意思。」他們說：「我們想回旅館聊聊，打打牌。」

山姆跟著也跑出來了。「什麼？大家不要走，我去叫其他人，我們換個地方！」他說著就轉身衝回去。又過了十分鐘，才看到他跟屁爹爹走出去，拖著喝得醉醺醺的鍋貼，看起來有點不高興。

「甘迺迪好像中獎了！」他們說：「不管他了！」

「死搭補呢？」

「也不要管他！」山姆很大聲地回答：「他打電話給附近的什麼前任女友，早溜了！」

「王八蛋！」鍋貼說：「好不容易大家聚聚，先落跑、差勁！」

大家都搖頭，說死搭補眞爛、眞不夠朋友等等。ＪＢ他們不再提議回去了，一起沿著馬路蹭著步子。冷風讓我清醒些。屁爹爹走在我旁邊。

「我不得不佩服你的技巧。」我對他說。

「甭提了。」

鍋貼這時湊上來叫：「色狼！我還記得……」

「現在不一樣了。華爾街的工作忙死我，哪有時間出去？」屁爹爹說。

「左轉過街！」山姆在後面叫。

「我還記得……」鍋貼繼續說。

我們好像越走越安靜。到最後，連山姆都得承認他沒主意了。大家一起站在路口發呆。正好有兩部計程車經過。攔下之後，彼此問：「現在去那裏？」看來看去，山姆說：「還是回旅館吧！」

◉

第二天中午醒來，發現甘迺迪跑了。那小子早上才回旅館，就被公司叫起來，趕早班機回芝加哥開會。JB說一大早看到他，連西裝都穿好了。這簡直是笑話，以前甘迺迪幾時早起過？現在他則隨時帶著西裝。

他走了，朋友之中彷彿缺了一大塊，幸好死搭補下午回來時精神特別好，能夠暫時塡住這個洞。晚上山姆很興奮地訂了一家牛排館，但忘記哈利狗只吃素，不得不臨時改吃中國餐。飯後大家又去Crescent Street，發現比昨天還擠。不曉得怎麼回事莫名其妙的，我們竟然和JB的兩個女朋友一起走進一家脫衣酒吧。整晚的高潮是山姆給鍋貼買的「私人秀」。當舞孃坐在鍋貼腿上扭動的時候，看他一臉假正經的樣子，實在很滑稽。

那天很晚走在街上，山姆差點跟一群年輕人打起架。我們及時把他拉住了，但事後留下一個低氣壓。兩個女孩子決定回旅館。山姆心情很壞，也早回去，然後大家都各走各的。我還不想睡，就一個人走在蒙特婁的下城，做個夜間觀光客。

第三天，兩個女生早起出去觀光，其他人都待在旅館裏，養著宿醉頭痛。電視開著，沒人專心在看。房間裏的焦躁好像一直在震動，越來越強。

「他媽的，我們難道老了?!」山姆突然爆開說。

那天晚上我們各自安排了節目。死搭補又去他前任女友那裏。JB和哈利狗去聽爵士樂。屁爹爹跟鍋貼在城裏四處亂闖，竟闖進一個當地的私人party。鍋貼跟一個只會講法文的人拚酒，喝得吐了好幾次。我在下城散步，無意中找到一個很正點的underground disco，在那裏待到差不多天亮。

◉

回到旅館，只有山姆一個人在房裏，還醒著。我們聊了很久，談工作、愛情、生活、未來。自從畢業之後，我們還不曾這麼聊過。

「多麼希望其他的夥伴們都在。」他說：「似乎每個人都在追尋大學時代的那股勁。我只想大家有個機會好好再聊一聊！」

中午，JB帶著兩個女孩子回多倫多了，我們下午也開車回紐約。一路都在下雨，只聽到雨刷揮動的聲音。

在路上，哈利狗向我們承認了大家早就懷疑的一件事：他是同性戀。「畢業之後，我才眞正認知自己。」他說：「對不起到最後才告訴你們。」

「沒什麼！」我們都說，並拍拍他肩膀，但我想大家心裏都有數，他爲什麼說「最後」。

在紐約下了車，大家互相擁抱一番。「保持聯繫！」我們彼此說，並加上一些「去你的！」「笨蛋！」這種比較親切的口頭禪。

山姆把我們叫住：「你們臨走之前，還欠我幫你們貼的租車錢和旅館錢！」

「寄支票給你吧！」我們說。

「不行！」他的臉板起來。「你們連打電話都太忙，我還能指望什麼？」

他不再是開玩笑的樣子，於是我們站在雨中簽了支票給他，看他握著那疊濕答答的紙，一個人走向地鐵。

◉城市獵人

没想到水位突然上漲，
兩人一下子被淹没。
在生死關頭，那位少年竟在水裏把女友舉起來，
讓她能夠呼吸，
他救了女孩的命，但自己被淹死了。

Work Hard, Play Hard. Work Hard, Play Hard.

暴風雨中的英雄

我認識Jack好幾年了，還不曾看過他氣成這個樣子。紅燈一變，他猛踩油門。整個車子跳了起來，從兩部巴士之間鑽過去。

「小心！不要開進醫院！」

他沒有回答。我也不敢多說了，讓他專心看路。他額頭上的青筋一直鼓一直鼓，直到最後：

「他媽的！我要回去跟她講清楚！」

「她不是走了嗎？」

「還趕得及！」

說著他就把方向盤一扭。我被摔到一邊，手肘撞得好痛。「Shit !Jack!你這個笨蛋，橋中間怎麼能迴轉……」

說時遲，唰！一下，一陣傾盆大雨毫無警告地潑下來。四周瞬間一片模糊，一連串煞車聲，喇叭聲，橋上的交通全停住了。

我們兩人坐在車上，雨點霹靂帕啦打得很凶。Jack呆呆地望著前方。

「不急！不急！」我還是擔心安全。

他狠狠捶一下駕駛盤。「對，我不應該爲她這麼著急！」

「對啊！」

「我幹嘛要這麼著急！」

「對嘛！」

「她豈有此理！」想了一下，他突然把排擋一甩。「你開！」

「什麼？」

「我用跑的比較快！你開！」說著他就打開車門，外面嘩啦嘩啦的。

「笨蛋，少逞能了！」

「沒有，反正過橋就到了……」他已經把門關上。我看著他的背影消失在一片濛濛的車陣之中。但是雨實在太大，不到五分鐘，他又回來了，濕答答的坐在旁邊。

這時交通已經恢復。我一面開，一面瞄他的狼狽樣子，發現他那齊肩長髮全濕了，頭就變得好小。

「老天爺澆你冷水。」

「去你的！」

才過橋，他又叫我把車子停下來。

「不是還有兩條街嗎？」

「下面我用跑的，反正濕透了！」

◉

事後，Jack很得意的說，那次的策略多麼成功。幸好下那麼一場大雨，使得巴士誤點。女孩正在路邊等車，突然看到Jack一個人從雨中奔來，被感動得當場痛哭流涕，抱著他眼影流得到處都是，吵架誰對誰錯都無所謂了。「太美了！像電影結局一樣！」他說。當然，他沒有提到自己當時眼淚流得更不成樣子。那是我從車上偷偷看到的。
那場暴風雨，到了第二天還有新聞報導。氣象局說，它差不多到達了颱風的威力，使得某些地區淹水停電，而且也造成一件悲劇——昨天下午，一位十五歲青年和他的女友在一條小橋下面躲雨，沒想到水位突然上漲，兩人一下子被淹沒。在生死關頭，那位少年竟在水裏把女友舉起來，讓她能夠呼吸，他救了女孩的命，但自己被淹死了。據說男孩子的屍體被撈上岸時，在場的救護人員都濕了眼眶，說他爲了愛，成爲暴風雨中的英雄。
「這不就在我們附近嗎？」Jack問。
「對，而且昨天當這對情人在橋下躲雨的同時，你正在另一條橋上發脾氣。」
這是兩件毫不相干的事，但剛才那句話，讓Jack沉默了很久。他搖搖頭，好像要說什麼，最後又沒有說。
當天他買了一大把玫瑰花送女朋友。

◉城市獵人

Limelight Disco外面擠了至少兩百多人。
隔著一條繩子，把門的大漢看起來有點緊張。
Kenny Ken，一位身高一九〇公分的變性人，
穿著迷你裙和銀色矮子樂，
站在門前掃描著群衆。

Work Hard, Play Hard. Work Hard, Play Hard.

紐約幻燈片——新年

4:00PM

WINS廣播電台時間：

各位聽衆大家好，這是WINS交通網，在此提醒各位：從下午六點開始，紐約警方將封閉時報廣場周圍街道，停止車輛通行。到今晚十點，封閉範圍將從四十二街逐漸擴展至五十八街。根據警方估計，今晚將有三十萬人左右在時報廣場地區，觀看午夜的大燈球降落典禮。WINS新聞組在此建議各位，盡量避免駕車或進城。留在家裏過年，最安全理想……

7:05PM

又一班從長島來的火車，慢慢進入三十四街的Penn Station車站。車上擠滿的幾百位乘客，大部分不到二十歲。這些態度太cool、化妝太濃、聲音太大，但剛跟父母吵過架、打過賭，許過諾言才能來城裏玩的郊區青年，夾克裏藏著啤酒，點起剛買到的香煙，擺出不以爲然的「城市佬」態度，成群湧出車站。

外面的小販早在等著，像一堵牆撲上來。「來買新年party必備！五彩帽！口哨！氣球！」然後小聲一點：「也有大麻、大麻！」

8:30PM

在第七馬路和四十三街的Academy戲院門外，一大群龐客族等著聽演唱會。他們默默地靠著牆擠在一起，像一堆破布，在冷風裏發抖。

前面走來一對夫婦，帶著小女兒。看著龐客，他們猶豫了一下，然後牽著孩子過街。

一個五官清秀，戴著鼻環、眉環、嘴唇環的少女，一直盯著那對夫婦，然後突然對他們做了一個很難看的鬼臉，把舌頭伸得長長的。

夫婦趕緊避開眼神。他們的小女兒，不停地偷偷回頭看。

8:49PM

在第八馬路和四十四街的「成人世界」商店，剩下幾位提著公事包的中年人，在色情錄影帶的架子之間流蕩。

「我們要打烊啦！」小小的印度人老板坐在門口的梯子上往下喊。

大家同時看了一下手表，然後一一離開。最後一位顧客付了錢之後，發現店裏沒人了，趕緊推門出去。

「Happy New Year!」老板對他說。那人沒回答。

老板笑了一下，說了些印度話，把門關上。

9:25PM

在Super時髦的BOOM餐館，Super酷的服務生以最瀟灑的動作，打開Super貴的香檳。老板在客人之間穿梭，和VIP打招呼，左邊臉頰吻一下，右邊臉頰吻一下。

在旁邊的桌子，一個金髮女郎慵懶地吸了一口煙，跟她的朋友說：「上次我在羅馬，馬克帶我去剪頭髮。那位理髮師每剪一刀，就要倒退，仔細觀賞一遍，然後再修一刀，再倒退，前後一共花了四個小時。我喜歡意大利。人生應該像這樣，不享受有什麼意思？」

11:00PM

雖然Times Square已經擠得水泄不通，下城的街道卻很冷清。在Barrow Street上，幾輛車子飛駛而過。有個老頭提著兩只塑膠袋慢慢地走。

一對德國人，顯然醉了，肩搭肩在路上踢著腳唱德國民謠，差點把老頭子撞倒。其中一位把他的Happy New Year紙帽摘下，套在老人的頭上。

「笑啊！笑啊！新年不笑，什麼時候笑！」德國人用英文說，然後自己開始大笑。他的朋友還在唱歌。

老頭子沒吭氣，慢慢地轉身走開了，頭上還頂著帽子。

11:30PM

Chumleys是個speakeasy，也就是美國七十幾年前禁酒時期的地下酒吧之一。

雖然現在早已合法化，這個地方還是保持傳統，從來不掛招牌，只靠口碑介紹。從外面街上完全看不到也聽不到，裏面卻是人山人海。

「三十分鐘！」有人喊。「快新年了，把玩具拿出來！」

Bartender從酒吧後面抬出一個大箱子，大家立刻伸手抓，拿出一袋袋碎紙，口哨，面具，亮晶晶的銀粉，甚至還有麵粉。

「十八分！再等十八分！」

可是多半的人已經等不及了。不到五分鐘，整個地方完全失去了秩序。大家一面吹口哨，一面抓起大把大把的碎紙，開始打仗。互相丟完了碎紙丟銀粉，丟完了銀粉丟麵粉。有人跳到桌子上，拿香檳對著女孩子噴。屋子裏好像在下雪，大家都在尖叫。

十一點五十九分，當酒吧後面的電視播出燈球降落時，根本沒人注意。在Chumleys，新年早了十八分鐘。

12:45AM

Limelight Disco外面擠了至少兩百多人。隔著一條繩子，把門的大漢看起來有點緊張。Kenny Ken，一個身高一九〇公分的變性人，穿著迷你裙和銀色矮子樂，站在門前掃描著群衆。

「我們從去年就在等啦！」有人向他（她？）訴苦。

「聽著！達令，今晚已經客滿。你沒有先買票，也不在我的名單上，我又不認識你，等到明年我也不管！」Kenny Ken搖一搖手指說：「新年快樂！回家吧！」

2:26AM

東區的一家同性戀disco，有許多伴侶站在門外等計程車。有白人跟黑人，有黑人跟黃人，有粗大的跟嬌小的，有流氓形的跟華爾街形的，有的在拉手，有的在擁抱，有的在親吻。其中有位壯帥的少年墊著脚說：「嘿！我單身哪！誰要帶我回家？」

路上的空車不多，偶而有輛停下來，也有的故意不停。

隔著兩條街，有個黑人手上拿了一把鈔票，在馬路中間朝著車流大喊：「來吧！拿我的錢！把我載回我的窩！」他瞪著迎面來的車燈，好像在鬥牛。

連著三輛計程車從他身邊飛過。他氣得跺腳：「他媽的，如果我是白人，你們會不載我嗎!?」

3:52AM

第七馬路和二十八街的自動提款機旁邊，有個大紙箱，外面寫著："I'm homless. Please help me."坐在裏面的乞丐正在自言自語。

「我愛新年，我愛新年。」他說：「在街上過了八個月，今天才有人跟我講，嘿！先生，你的招牌拼錯了，"homeless"少了一個"e"！」

說著說著，他笑了起來，整條街都充滿了他的笑聲。

△劉Gourmet軒，正在品味。

◉Gourmet

當我做完功課，
心裏什麼壓力都沒有，
時間流動得很慢、很悠閑的日子。
那坐在廚房裏吃起司餅乾的感覺，
遠遠勝過任何我曾經踏入的餐館。

Work Hard, Play Hard. Work Hard, Play Hard.

美食者

老爸常笑我十二歲那年，把起司切成方塊放在餅乾上，然後一面自言自語，一面細嚼慢嚥的樣子。即使到今天，他還常拿那件事來證明我是他所見過最離譜的「美食者（gourmet)」。當然我要說：「直到今天，他還是不了解眞相。」

當我以前吃起司的時候，我總會幻想我是在世界最豪華的餐廳，品嘗世上最稀有且美味的起司。我扮演著大廚的角色，謹愼地準備這道佳肴；同時是侍者，嚴肅地端上銀盤；又是個顧客，把起司慢慢地送進嘴裏，帶著每一口三千美金的價錢，讓餅乾和起司在舌頭和口腔間融成奶油般的「合體」，耳裏彷彿聽到銀幣落地的聲音……

我當然知道我只是在吃Kraft牌美國起司，那種經過機器切割、巴斯德法殺菌後從工廠以分鐘幾百片的速度噴出來的普通東西。那餅乾是連我奶奶都難以下嚥的蘇打餅。但我想，既然要吃起司和餅乾，爲何不讓它變得特別一點——爲它製造點情調？

於是，那起司成爲了山羊起司，而且是只能在喜馬拉雅山脚找到的野山羊，第一次擠奶才做得出來的起司。

那餅乾，是來自法國南部的麥子，種在歷史戰場的土地上，以處女的手收割磨製，再加上「野山羊奶油」烘焙而成。

我家的廚房，成爲了世界上最昂貴的餐館，客滿到需要至少在一年之前訂位。我在那裡品嘗這世界傳奇的起司加餅乾，每一片價值美金三千元。那天晚上我一坐就吃下了七萬，外加一杯一千塊的牛奶。

◉

我的確是個美食者，因爲我認爲「吃」是一種藝術，一個全身的體驗。菜飯的味道在舌尖是停留不久的，但用「心」去品嘗，卻可以記一輩子。而當我回想近幾年最出色的飲食經驗時，有兩餐特別值得敍述：

第一餐在魁北克，加拿大東部法語省的首府。那家餐廳藏在古城的狹窄街道之間，而我和女友則是透過一個小客棧的老闆介紹才找到它。

用餐是在一個爬滿長春藤的室內庭院中。身著燕尾服的侍者默默地在餐桌燭光間穿梭。他們照禮俗，完全憑記憶對顧客用法文朗誦當天的特別餐點。我和女友點了龍蝦粿餡餅加茵陳蒿奶油、鴕鳥小排加野漿果醬、白胡椒輕煎鮪魚排、和義大利番茄薄蛋餅夾蟹肉調法國白蘭地醬。

每道菜隨著對稱的紅、白酒。甜點是個拼盤，有好幾種蛋糕、派和冰淇淋像摩登建築似地安排在一個大白瓷盤上。庭院裏的桌子刻意擺得很稀疏，以加強隱私感。除了杯子和銀器的叮噹，和微淡的弦樂，偶爾還可以聽到女孩子的輕俏笑聲從別桌傳來。盤子裏的食物充滿了多層面的味道，而每一口都像是合弦唱進嘴裏，讓舌頭無法分辨其中的音色。那甜點，則濃厚得使整個人都彷彿陷入其中。三個小時後，我和女友才被「釋放」，回到迷濛的街道上，彷彿經歷了一場夢。

另一餐在高雄。當地的一些生意人豪情地請我去吃飯。其中一位先生和附近一家海鮮店的老闆很熟。那家餐館是個很草根的地方，屋頂上罩著塑膠布，只有幾張矮桌和板発在街邊，但據說遠近馳名。果然，雖有颱風開始進入高雄，那家餐廳還是客滿。大家爲了避雨，盡量往中間擠，擠到都蹲在炒菜鍋的周圍。過了不久，所有的顧客熱得全身都濕了。雨水好像一張一張地打下來，使街道沒多久就成了溪流，並從街邊直接流進餐館。我們吃完的魚骨頭就丟到地上讓水沖走。螃蟹殼、啤酒瓶都在脚底打轉。吃完一條魚，立刻又有一條上桌。有些跟著辣椒炸、有些用醬油清蒸、有些生吃，而所有的魚都再新鮮不過了。我那次體會到，最新鮮的生魚片不僅是入口即化，而且現殺的生魚肉都有點脆脆的。大家喝著麒麟啤酒，開始划拳。風的呼號和雨打在塑膠布上霹靂啪啦的聲音，使那些生意人喊得更起勁。我弓著背，挑著魚下巴的肉，一面心想：這是我吃過最美味的海鮮！

◉

我常回味這兩餐飯。對我來說，它們都是美食大餐，雖然它們的性質完全不同，是無法比較的。但在我心中，它們是相等的，不能相互取代。

如果在高雄的那家餐館端上魁北克的法國菜，感覺就不對了。一片高級的鵝肝醬擺在瓷盤上，和呈現在一個塑膠碗裏，不但看起來不同，感覺上的差別也會使味道顯得不一樣。我在魁北克吃的法國菜，需要一個安靜的環境來品嘗、分析並享受。相對的，高雄海鮮的火爆、直爽風味，則像是一個銅管樂隊，在遊行的場合特別出色。啤酒跟它最搭配，而且越熱鬧越可口。不管當時颳颱風、下大雨、濕度熱度都難以忍受；可是那風、雨、酒味、笑聲，怎麼加起來，都是對。

所以，人們雖然認爲「美食」重在「食」，但我不同意。我認爲美食者鑒賞的是「整體的感覺」。

這麼說，是否具有豐富經驗的，才能成爲美食者？也不一定。當我許多年前切起司和餅乾時，我還未有什麼可觀的美食經驗，但我相信我當時已經是個小美食家。

我沒去過世界最好的餐廳（當然現在也還沒那個福氣），但在心中我卻去了那裏。憑我的想像力，Kraft牌的美國起司，變成了全球最稀有的食品。對我來說，那就是美食者的精神；讓感覺襯托出食物中最特殊的味道，即使環境不配合，美食者也能在心境中品味。

我還是很喜歡吃起司和餅乾，雖然現在吃的時候，我不再想像自己在豪華餐廳了。反而，我常回想當年老家的小廚房和小小的飯桌。我所留戀的，是小時候度過的夜晚，當我做完功課，心裏什麼壓力都沒有，而時間流動得很慢、很悠閑的日子。那坐在廚房裏吃起司餅乾的感覺，遠遠勝過任何我曾經踏入的餐館。

每個美食者的口味都來自生活的累積，而生活轉到最後，還是回到家裏，回到簡單的東西。

只有離開家許久之後，吃到「家鄉風味」才會在心裏引起特別的感傷。也因此，在嘗盡天南地北的山珍海味之後，一個美食者還是喜歡回家吃飯。

◉*Gourmet*

很多女孩子外表很漂亮，
但心老了，
外表也就跟著老。
妳，一定裡面還很年輕。

Work Hard, Play Hard. Work Hard, Play Hard.

早餐

他們坐下好幾分鐘，侍者才過來，把menu一丟就走了。

「想吃什麼？」男人說。

「這裡的選擇不多。」她說。

「這種地方，反正不是拿吃做生意的。」

她點了烘蛋，男人點了總匯三明治，兩人各點了杯咖啡。

「來過這裡嗎？」男人問。

她搖搖頭。

「還可以吧？」

她點點頭。昨晚的酒，現在讓她有點頭痛。

「妳還好嗎？」

「很好！」她使勁笑了一下，並向他靠攏一點。

「妳一個禮拜工作幾天？」男人問。

「三天，也許四天。」

「那一定滿累的。」

的確，她想，剛開始一個禮拜已經瘦了兩公斤。但她沒有說。

「妳還有別的計畫嗎？」

「我想出國。」她說。

「好啊！」男人說：「去哪裡？」

「不知道。美國吧！」

「美國很大啊！」

說不定ＬＡ。聽說ＬＡ天氣很好，但是中國人太多。她不想去中國人太多的地方。她低著頭，慢慢撫摸著杯子的邊緣。

男人看她的動作，笑了。

「妳眞的很漂亮。」他說。

「謝謝。」

「而且是很純潔的漂亮。很多女孩子外表很漂亮，但心老了，外表也就跟著老。妳，一定裡面還很年輕。」他用手輕輕點了一下她的胸口。

◉

她想起剛開始工作的時候，同事跟她說的一句話：「男人很矛盾。他們比女人更不會分別假愛真愛，連自己都搞不清楚。有時候他們對妳說好聽的話，說到最後自己都相信了。妳可以利用他們的矛盾，但自己不能上當！」

「你真的喜歡我嗎？」她問，但自己聽這句子，覺得有點肉麻。

「我喜歡妳。」男人說：「所以我才希望妳不要工作太久。」

這句話，她不知道該如何回答。

「妳做過其他的工作嗎？」

「告訴你，你一定覺得我很俗。」

「不會！」

「好。」她模仿同事的樣子，湊到男的耳朵旁邊，悄悄說：「我在麥當勞打過工！」

「那很好啊！」男人說：「麥當勞不錯，但是東西不好吃。」

「對！只有炸雞塊還可以。」

「我學生時代常吃麥當勞。後來我發現，炸雞塊有兩種。一種是圓圓的，那裡面通常是胸脯肉，比較乾。另一種是圓圓的上面又多出一個小揪揪，那種通常是雞腿肉做的，比較好吃。」

「那種雞腿肉做的沾甜酸醬最好吃了！」她說。

「嗯！那種圓的得沾ＢＢＱ醬！」

「對對對！」她笑了起來。「我以爲只有我發覺這一點！」

「我也以爲只有我一個人那麼無聊！」男人說，並靠過去親她一下。

◉

男人很矛盾。

想到這句話，她又低下頭，慢慢調著咖啡。

「我喜歡打過工的女孩。」男人說：「她們知道錢不好賺。」

這句話不知爲什麼刺到了她。

「我現在不是在打工嗎？」她回問，但這是沒有必要說的話。她被自己冷冷的聲音嚇到了。

男人笑容消失了。她把咖啡放下。

「謝謝妳提醒我。」

「沒有，我的意思……」

他看了看錶。「反正該走了。中午要開會。」站起來，看著她，嘆了一口氣，突然顯得像她爸爸。

「小心自己。不要太累了。」

她勉強笑了一下。

「這是多給妳的。早餐錢也在裡面。」他指指桌上，同一個動作揮揮手：「有機會再見！」

◉

他走了，留下桌上一疊鈔票，她趕緊放進皮包裏。

就這樣？

同事跟她說，接了第一個，下面就簡單了。

侍者過來收走男人的盤子，偷偷瞄她一眼。她板起臉來，戴上太陽眼鏡。

無論如何，她咬著下唇對自己說：我也要把這杯咖啡喝完。

◉ *Gourmet*

他其實非常喜歡吃飯時與她談天。
發生關係之前，
他們差不多可以說是無所不聊，
但回想最近，好像兩人都沒聊什麼。

Work Hard, Play Hard. Work Hard, Play Hard.

午餐

本來只是一起吃中飯的同事，又怎麼發生關係的？他有時候質問自己。

那天她說頭痛，想找個安靜的地方休息，但看著她的眼神，也知道其實她並不是簡單的頭痛。所以事情開始，他告訴自己，是因爲她採取第一步的。

當然，在心底，他也知道那感覺已經醞釀了很久。如果兩個人都沒感覺，又怎麼會發生那一天？本來所有的開始都是要雙方負責的。

自從有了這段情，前妻的影子終於在他的思想中淡化了些。所以，他告訴自己，這是好事。但同時，他也捉摸不出心裡的不滿。有一種失落感，讓他覺得自己越來越脆弱，像要感冒似的。有一天他明白了。

她從來不曾要求他請她吃晚餐，他也知道她不會要求，但自從發生了關係，他們連午餐也縮短了。午飯時間只有一個半、頂多兩個小時。爲了爭取時間，兩人常寧願餓肚子。通常她會先走，他在房間裏等十分鐘再離開，或是去逛街，吃個便當，再慢慢回辦公室，免得引人注意。她原本喜歡這段感情的「方便」，但這也正是問題所在。逐漸他發覺，他其實非常喜歡吃飯時與她談天。發生關係之前，他們差不多可以說是無所不聊，但回想最近，好像兩人沒說過幾句話。

◉

有一天中午，他躺在床上，看著她背著兩隻手扣胸罩的背影，說：

「這個禮拜周休二日，我想一起去個地方。」

背影停頓了一下。「去哪裡？」她問。

「不知道。小小度個假，可以去南部玩玩。」

她想了想，穿好衣服，答應了。

那天晚上回到家，答錄機上有通留言，是他前妻。他趕緊打回去。

「我知道原本是下個周末你看孩子，但公司這禮拜要出差，你能不能先帶他幾天？」

他聽了有點冒火。她說話的語氣，好像知道他非答應不可。

說。

「附近開了家新的漢堡店，有個兒童娛樂中心，你可以帶他去玩一玩。」前妻

「孩子還好嗎？」他問。

「還好，越長越大……對了，絕對不要給他吃冰淇淋。他已經太胖了。」

◉

第二天，他道歉了好久，說家裡有急事，周末的計畫暫時取消，眞是不好意思。她也沒怎麼反應，笑了笑，說沒關係。

周末一大早先去接孩子，帶他到公園，但他只想玩電動。到了中午，孩子嚷著餓了，他便帶他去吃漢堡。

店裏店外掛滿了彩色旗子，放著很吵的音樂。旁邊的室內遊樂場擠得一塌糊塗，讓他走進去就覺得心煩。當然，小孩子都樂得很。因為新開張，還有很多卡通人物在場，一搖一擺地跟孩子拍照。

看到這麼多家長，使他馬上緊張起來，很想趕快買了漢堡就走。但孩子吵著要溜滑涕，不得不帶他去。而就在那裡，他看到了不想見的人。

她正蹲在滑梯口，準備接著孩子。滑梯頂上，一個男人把孩子舉著。孩子伸出雙手興奮地叫著，她也相對地張開雙手笑著。

他隔著前面轉轉的玩具看，幸好她沒注意到。實際上他起初就知道，但知道不等於看到的感覺。他蹲下來，對自己的孩子說：

「不要告訴你媽。爸爸帶你去吃冰淇淋好不好？」

「好！」孩子的臉整個亮了起來，完全忘記要溜滑梯這件事。

◉*Gourmet*

老伴正站在爐子旁邊，
捧著一碗她病危時吃的米粥。
「過來這裡吃吧。」老伴對他說：
「讓孩子吃他們的。」

Work Hard, Play Hard. Work Hard, Play Hard.

晚餐

孫子一年才回國一次，老先生今天穿得特別體面，還摺了一塊手帕揷在胸前。

衣櫥裏掏出來的西裝，噴了古龍水也消不掉樟腦丸的氣味，使老先生很懊惱。上次穿出去，是跟空軍的老同事們團聚，也是一年一次，一年比一年的人少。他的那個勳章，始終留在口袋裏。剛才摸到它，突然心裏有一種激動。他想：今天可以把它轉給別人了。

孫子年年在改變。大學畢業，現在在貿易公司找到一份工作，據說常出差，女兒女婿打電話都找不到他。剛才開門，老先生不禁吃了一驚：「你什麼時候也穿起西裝了?!」

穿上西裝，舉止也不同。孫子只是笑了笑，伸出手來，好像陌生人。

女兒女婿說，孩子時差還沒調過來，盡量吃點清淡的。年輕人，哪有那麼多毛病?老先生說。長安東路上的那家浙江館子，老地方老廚子，才夠意思。誰回來不吃中餐!

◉

館子裡的小姐又全換了，沒一個面熟的。倒是生意還很好，兩層樓燈火輝煌，盤子筷子的聲音熱鬧得很。老先生一走進去，就覺得年輕許多。

四個人坐下。旁邊的大圓桌，有十幾個生意人正喊著酒令。以前那是他的桌子，常在那裡跟老朋友喝到天亮。一代接著一代，沒改變。

「想吃什麼？」老先生問。大家好像都沒意見，但他開始點菜，剛叫一份蟹黃豆腐，卻立刻被女兒打回票，說膽固醇太高。他叫個椒鹽排骨，女婿又說吃了會上火。女兒女婿意見一大堆，孫子卻好像只對炒麵感興趣。老先生把菜單合起來，抖一抖：「你們自己點吧！」

◉

菜來了。老先生叫了一瓶啤酒。全家憂心忡忡地看著他把瓶子打開。其實他許久沒喝過了。他倒了一杯，先遞給孫子。

「哪！公公跟你喝，祝你事業成功！」

孫子拿起杯子，看他媽媽一眼，苦笑一下。

「爸，你能喝嗎？」女兒趕緊說。

他沒回答，一口氣乾了。孫子只猶豫地沾了一口。

「怎麼不乾了！」老先生敲著桌面。

「爸！他以前在學校都不喝酒的！」女兒又打岔。

「有時候喝，比較常喝雞尾酒。」孫子說。

「噢，習慣烈酒，那好，公公陪你喝XO！」他伸手叫小姐過來，立刻又被女兒女婿擋下。

「年輕人，把它喝了！」老先生指著孫子的半杯啤酒，語氣變軟點：「開瓶第一杯，是甜的！」

孫子又猶豫地沾了一口。旁邊的桌子傳來一陣大笑聲。

「爸，維他命你都還吃吧！」女兒問。

「有！」

「那是特別的維他命，純天然植物提煉的，在美國都很不容易買到。」女婿說。

「嗯。」

孫子正默默地捧著他的炒麵。

老先生摸一下口袋裏的勳章，看看孫子，肅然拿起酒瓶。「哪！公公給你添酒！」

「爸！他喝夠了！」

「年輕人，一杯算什麼！」老先生皺起眉頭。

「爸！你自己也不該多喝！」

「我叫了一瓶，我不喝誰喝？」

「我幫您消耗一點吧！」女婿拿起杯子。

老先生看看女婿，看看女兒，把酒瓶放下。

「孫子難得回來，慶祝一下，不行嗎？」他瞪著他們。

女兒的樣子，看起來好熟悉。老先生看著她，眼睛突然痠了起來。

◉

老先生其實很少吃維他命。女兒寄來的果汁機，也還原封不動地擺在衣櫥裏。一個人給自己做飯，變不出什麼花樣，更沒有心情給自己打果汁喝。

去年，女兒要接他到美國住，他拒絕了。一個人在黑黑的公寓裏，他也有落淚的時候，但至少打開電視，節目全是中文的。

有一次，他夢見女兒一家人在吃晚飯，他坐在旁邊看著。一轉頭，發現老伴正站在爐子旁邊，捧著一碗她病危時吃的米粥。「過來這裡吃吧。」老伴對他說：「讓孩子吃他們的。」

一年多了。當時孫子還在念大學，現在都出來做事了。日子過得好快。

女兒正看著孫子。孫子突然拿起杯子，兩手對著他：

「祝公公健康快樂！」

女婿拿起酒瓶，給他倒了半杯。啤酒涼颼颼地下肚，然後暖暖地上來。老先生低下頭，假裝咳嗽一下，讓兩滴眼淚偷偷落在西裝褲上。

◉ *Gourmet*

不吃龍蝦的同學都把票給華倫換漢堡，
華倫則偷偷把票轉送給我。
我將永遠記得那天晚上，
一餐吃了七隻龍蝦，
第二天拉肚子。

Work Hard, Play Hard. Work Hard, Play Hard.

華倫的吃吃笑

華倫在我宿舍的餐廳裏當二廚，專門管理煎炸的工作。

「華倫，來個漢堡加起司！」只要對廚房一喊，立刻便由蒸氣之中傳來回應：

「遵命，將軍！」

哈佛的學費很貴，但至少在吃的方面，還算貴得有理。在這裡當學生，眞的是要吃什麼就有什麼。我們宿舍餐廳的沙拉吧台，至少有三十呎長，供應二十多種蔬菜水果、起司、還有好幾種冰淇淋。這還不包括主菜、麵包、湯類、和飲料的台子。

當然，如果當天的菜都不合胃口，總可以跟華倫要個漢堡。華倫的漢堡是有名的。不知道他有什麼秘方，但別人就做不出同樣的口味。有時候我和同學走進餐廳，連當晚的菜都不看，就直接跑去廚房找華倫。

◉

我搬進宿舍那年，也是華倫剛從牙買加移民過來的時候。起初認識他，是因爲我有個牙買加裔的室友。有次跟室友吃飯，華倫由廚房跑出來，偷偷從制服裏掏出一瓶自製的辣椒醬給他。那是紅紅黃黃的牙買加土產辣椒做的，叫Scotch Bonnet，是世界上最辣的辣椒之一。

「在牙買加，老一輩的人要是沒有這種辣椒，就吃不下飯。」室友跟我說：「但這裡的商店買不到。八成是他太太寄給他的。」

有一天，我起床太晚，錯過了早餐時間，迷迷糊糊地走進餐廳，看到華倫。

「華倫，能不能給我煎個烘蛋？」

「不行！」

「不行？」

他壓低聲音，說：「跟我來！」

我隨著他走進工廠似的廚房裏，看他從台子底下抱出一個大塑膠罐子，上面的標籤寫的是：「經處理後的蛋類」。

「哪！這種東西，全是防腐劑，最好不要碰。」他說：「經理知道我給你看，一定會不高興。給你做個漢堡好了！」

◉

短短一年之中，華倫就認識了我們宿舍裏的四百多個學生，或者說四百多個學生都認識了他。在下午，當廚房休息的時候，別的廚子在後面抽煙看報，華倫則總是一個人坐在餐廳裏有太陽的角落。他的皮膚跟餐廳的桌椅是同一色，與一身潔白的制服很成對比。走進餐廳，遠遠就可以看到陽光裏舉起一隻油亮的大黑手跟你打招呼。

他喜歡亂封人頭銜。有時候他叫我「醫生」、有時候叫「參議員」、有時候又變成「市長」或「將軍」。對女同學們，他就更花巧了。遞盤子時，他一定先看著女孩子，從頭髮稱讚到眼睛再稱讚到嘴巴，讓對方笑得臉紅了，他才放手讓人家把盤子接過去。

過舊曆年的時候，我們的宿舍照傳統推出「中國大餐」。那天餐廳裏的刀叉換成筷子，飯後甚至有舞龍舞獅的節目。

我跟華倫開玩笑：「你應該在漢堡裏加醬油。」

他拍拍我的背。「將軍，今晚我只燒糖醋排骨！」

據說牙買加有許多華人。華倫告訴我，他有個華裔乾兒子，也像他一樣，講一口牙買加英文，喜歡聽雷鬼音樂。

◉

其實在學校餐廳工作不容易。宿舍裏常舉行「特別晚餐」，整個餐廳舖上白桌布、點上蠟燭，讓學生們請教授一起來用餐寒暄。那些日子，廚子們早上五點不到就得開始準備。感恩節之前的火雞大餐更麻煩。記得那天下午見到華倫，頭仰著在太陽底下，他的酣聲隔著整個空曠的餐廳都聽得見。

我個人最喜歡的晚餐，是一年一度的「龍蝦之夜」。龍蝦很貴，所以那天晚上的主菜是限量的，憑票一人一隻。不吃龍蝦的同學都把票給華倫換漢堡，華倫則偷偷

△華倫大師

把票轉送給我。我將永遠記得那天晚上，一餐吃了七隻龍蝦，第二天拉肚子。

我也很喜歡聖誕節放假之前的晚餐，從下午開始就吃點心、喝茶，晚餐之後還有各式各樣的表演。教授們全穿上燕尾服，在餐廳裏爲學生們演出Winnie the Pooh（維尼小熊）的滑稽劇。這總是最受歡迎的節目，連所有的廚子都會跑出來看。

隔著四處的笑聲，我看到華倫，過去跟他打招呼。

「放假的時候，你終於可以輕鬆了吧！」我說。

「輕鬆的時候，我最想回家！」他回答。他的眼神，好像看到了牙買加碧藍的海灘。

◉

大學畢業一年之後，有次回到宿舍探訪，卻找不到華倫。別的廚子都聳聳肩，說他離開好幾個月，不知道去哪裡了。

近幾年，哈佛的飲食文化慢慢在改變，越來越走向「中央系統」的制度。現在用學生證刷卡，就可以在校園任何一間餐廳拿到三明治快餐，也可以在學生中心領取比薩和西雅圖香醇咖啡。

我畢業那年，學校關了原來專供應新生的餐廳，開了一所「超級餐廳」，可以容納一千六百多人。據說新廚房設在校園的某個角落，食物是經過特殊的地下隧道運到餐廳的。有人說，華倫很可能被調去那裡做事了。

很難想像華倫在那種地方工作，變成煎漢堡的活機器。那不是華倫的世界；他需要屬於自己的餐廳，需要有陽光的角落，還有老顧客跟他寒暄。希望華倫回牙買加了；誰知道？說不定在遙遠的海灘上，華倫正在生火，準備燒個豐盛的大餐呢！

◉ Gourmet

咖啡是提神的，
香烟是定神的，
兩者之間可以讓人慢慢咀嚼
憂鬱和苦悶。

Work Hard, Play Hard. Work Hard, Play Hard.

哈佛的咖啡

下課時路過咖啡店，看到外面有座位，就決定停下來享受享受。

Walter從店裏探出頭，隔著兩張桌子懶懶地對我揚揚下巴。

「卡布其諾！」我說。

一杯卡布其諾來了，打上白白的泡沫牛奶，灑上少許的肉桂，喝起來很像甜點。那是好心情的飲料。

心情不好的時候，我喝美式咖啡。不加糖、不加奶精，一杯黑黑的，像藥水。咖啡是提神的，香煙是定神的，兩者之間可以讓人慢慢咀嚼憂鬱和苦悶。難怪它成爲藍領階級和窮詩人的湯水。我認爲，如果喝卡布其諾的人欣賞的是「咖啡的味道」，喝黑咖啡的人欣賞的則是喝黑咖啡時的「心情的味道」。

◉

這家店樓上是間小書局。經常在樓上買了書，就到樓下坐幾個小時。我大學的時候是這兩家店的常客，尤其因爲宿舍就在街對面。搬到頂樓那一年，從陽台正好可以看見咖啡店外面撐起的陽傘。

那是幾年前的夏天。有一次我把音響搬到陽台上放house music，竟有人從咖啡店丟湯匙上來，大聲罵「吵死啦！」

房間裏有擺了幾天的法國麵包，我用湯匙把它塗滿奶油，用力從陽台上扔出去。麵包落到對面的屋頂，沿著斜斜的瓦片滾到屋簷，再垂直一落……結果正好砸在Walter的頭上。他整個人跳了起來，把咖啡灑了顧客滿身。因爲麵包是從上面直直落下的，他們始終沒想到是我，只見一群人衝到樓上的書店找人修理。

◉

其實我很愛惜這家咖啡店。像這樣子的地方在附近越來越少了。以前，就密度來說，哈佛大學周圍的區域有全美國最多的書局和最多的咖啡店。但現在房租上漲，連鎖公司又打進來，許多獨有風格的「個體戶」都無法競爭。

近幾年，就有好幾家書店被新來的Barnes & Nobles吞沒了。附近個人經營的咖啡店也被來自西雅圖的富商Starbucks逼得難以生存。所以現在我只要有空，就會來這裏喝一杯，幫助維持他們的生意。

我喜歡這家咖啡店的另一個原因，是因爲我也常帶女生來。哈佛的女孩很愛惜自己的羽毛。不容易接近。約她們吃晚飯，她們會覺得你另有目的。請她們看電影，又怕顯得太「初中」幼稚。「喝咖啡」的意思最含糊。一杯咖啡可以快快結束或慢慢品嘗，可以談天氣可以談哲學，或者談愛情觀，兩人隔著小桌子一面了解、一面試探著對方。

《心靈捕手》這部電影，就是在哈佛拍的。有一幕，男主角Matt Damon和他哈佛女友在戶外咖啡店一起聊天，然後在一陣激情的弦樂之中接吻。如果當時鏡頭往右搖幾呎，就會拍到我呆呆地拿杯咖啡在旁邊湊熱鬧。

Matt Damon曾是哈佛的學生。《心靈捕手》的脚本是他和一位朋友合寫的。想必那一段劇情，有相當的實際經驗。電影中的那家咖啡店就在哈佛廣場旁邊，有陰涼的樹蔭和相當多的座位。坐在那裡，可以靜靜地觀賞街上忙碌的來往。

我有個好朋友，就常在那裡「泡」。手上一本十九世紀的德文小說，桌上一杯黑咖啡，再加上他一頭齊肩的長髮和小小圓圓的Lennon眼睛，充分散發浪漫書生的魅力。以前他在酒吧混，沒有什麼成果，但自從他發覺了咖啡店和圖書館之後，女孩子簡直約不完。

◉

是的，每個城市獵人，都需要一個與自己相配的掩飾。

我呢，也常在咖啡店打心理戰，只是我還太嫩，又不服輸，但那又是另一段故事，等我成熟一點才能客觀地回顧。

老闆娘出來給客人續杯。她認識我，過來打招呼。

「你女朋友呢？」

△從我宿舍陽台看到的咖啡店。

「妳怎麼會認爲她是我女朋友呢?」我瞇著眼睛回問。

「看你們聊天的樣子。」她說:「你知道,女人的直覺嘛。」

「那對不起讓妳失望。」我說:「她不是我女朋友。」

「哦。」她一時糊塗了,做個鬼臉。「抱歉。」

「沒關係。」

她趕緊送我一杯卡布其諾。我已經不太想喝了,但沒力氣跟她說,其實……

她不再是我女朋友了。

◉

眼前突然閃過那天傍晚的情景。隔著杯子的邊緣瞄視著對方,甜咖啡變成黑咖啡的味道。

我慢慢攪著杯子裏的泡沫。啊!咖啡。美好的飲料、美好的道具,但喝夠了也不能勉強。

遠處的鐘塔傳來聲響。又一堂課結束了。過不久，路上又會有許多學生經過。

我翻一下書包。一本教科書、一本厚厚的參考書、還有那要命的統計學課本、和我隨身攜帶的破爛小筆記。

你想，我該拿出哪一本？

玩家K書

Time to Hit the Books

△哈佛的舞會

◉玩家K書

想當年，老爸老媽開車離開的時候，
我一面向他們揮手，
一面心裡盤算著當天晚上的舞會。

Work Hard, Play Hard. Work Hard, Play Hard.

開始K書與玩樂的日子

哈佛大學，和所有相連的研究所，都在九月中旬開學。短短一個禮拜中，劍橋從夏天睡意沉沉的小鎮，一轉眼變成有聲有色的大學城。附近的商店擺出鮮艷的被子、枕頭套、鬧鐘、枱燈，準備一年級的新生跟家長來搶購。四處都掛上了「減價」的牌子。其實，這時候什麼東西都比較貴。

然後車子來了，像遊行似的把宿舍旁邊的馬路擠得水泄不通。有名貴的賓士、BMW、甚至加長的limousine，也有普通的美國車和破爛的小貨車，東西堆得滿滿的，一家幾口擠在前座，得意的家長載著睜大了眼睛的新生。光看車子，就知道哈佛學生的貧富懸殊相當明顯。但這時無論如何，大家都一樣得找停車位。

校園裏四處掛著五彩的旗子和氣球，預告各種歡迎新生的活動。有冰淇淋party，disco舞會等等。許多學生社團也搶先開始招會員，把每個布告欄貼得滿滿的。

像我這樣「老油條」的研究所學生，還依稀記得當年剛搬來學校的興奮與糊塗。

什麼都顯得好新鮮，什麼活動都應該參加，什麼人都好像能是以後的朋友……剛到哈佛的那段日子，「上課」反而顯得是最次要的事。

想當年，老爸老媽開車離開的時候，據說老爸在車上擦眼淚，我卻一邊向他們揮手，一邊心裡盤算著當天晚上的舞會，現在想起來覺得很慚愧。

◉

今年，我自己租了一部車，把行李丟到後座，在九月初涼的晴朗天氣，開了四個小時，從紐約到劍橋。

當哈佛校園的紅磚出現在眼前時，我的心跳還是不禁加快了。我搖下窗戶，把音樂開大聲一點。

哈佛周圍的街道都是人。好不容易停了車，把東西拿進公寓（我在校園附近租了一間房，已經住了好幾年。）走進去扳下開關，發現房間的燈泡壞了。

雜貨店的店員被新生家長們團團包圍，手忙腳亂的。

「我要買六十燭光的電燈泡！」我隔著人喊。

「賣完了！」

「那有一百燭的嗎？」

「沒了！全賣完了！」

一位家長揮著一個垃圾筒，差點打到我的頭。好不容易擠到店門口，還好，臨走前被我買到最後一包衛生紙。

附近的餐館都客滿了，連巷子裏辣死人的印度館子都排長龍。只有三明治店還好。

我走進去，老闆跟我打個招呼：「回來啦！」

我靠著櫃台，吐了一口氣，看著外面街上的新生跟家長。「他們一年比一年小！」

「不就是這樣嗎！」

「今年大一這班多半是一九八〇年生的。」我說：「天哪！那年我已經來了美國。我還記得電視上的節目《芝麻街》呢！我英文是看《芝麻街》學的！」

老闆笑笑，把三明治滑過來。

◉

我到公寓外面的台階上坐下，打開三明治。街對面，一對父母正在幫兒子搬進宿舍。

父親從車裏抬出一架超大的電視機，還在原封的紙箱裏。他緊抓著大紙箱的兩角，搖搖擺擺地走上宿舍台階，顯然看不到前面的路。母親站在台階頂上撐著大門。兒子空手站在底下，抬頭看看上面，又回頭看看車子，又抬頭看看上面。

看著那家人，讓我想起七年前剛到哈佛的我。我不禁笑笑。電視！算了吧！你不會有什麼時間看電視的！

坐在那裡，嚼著三明治，我突然覺得自己變成了一個古怪的老頭。

◉玩家K書

有一天，看到一個長髮飄逸的女孩快步走進教室，
他一股衝動之下跟了進去，
旁聽了一堂希臘美術史。
女孩子聽一半就走了，
他卻留了下來。

Work Hard, Play Hard. Work Hard, Play Hard.

玩家選課法

◉購物時間

九月，當仲夏的暖風正吹在哈佛校園的樹蔭下，而草地上的太陽還帶著暑假的殘夢，新學期便開始了。

在教堂低沉的鐘聲下，校園裏穿梭著新面孔，從課堂趕到課堂。我總覺得這時校園裏的氣氛特別熱鬧，有點像聖誕節前的百貨公司。也難怪這段日子在哈佛叫做「購物時間」。

「購物時間」還有另一個原因。在開學的第一個星期，學生不必馬上選課，可以四處隨便試聽。舉例來說，如果你對心理學感興趣，但不知道是否值得花整個學期研究，就不妨上一堂心理課看看。如果一堂課之後發現不合興趣，就不必回去。相反的，如果走過某教室，發現教授講的東西很有意思，則可以留下來旁聽。

有個原本學醫，後來轉美術系的同學說，他有一天，看到一位長髮飄逸的女孩快步走進教室，他一股衝動之下跟了進去，旁聽了一堂希臘美術史。女孩子聽一半就走了，他卻留了下來。

◉學生給教授的評單

開學的時候，見到的每個學生一定手裏握著兩本厚厚的書：

第一本是八百多頁的課程介紹，薄薄的紙，小小的字，像聖經似的，裡面列有一千多門課程的介紹，實在能說是「擲地有聲」。從A（Archaeology——考古學）到Y（Yiddish——伊地語），有些專門到連名稱都很難讓人理解。

第二本書更有趣。它是一本統計報告，也可以說是一本「評論集」。學生們則稱它爲「救星」。

每年學期結束之前，教授們會在課堂上發出一疊藍色的「意見表」。這些表格的目的是讓學生們對校方反應，寫下他們對那門課的看法、批評與建議。功課會不會太多？競爭是否太激烈？教授是否講理？任何抱怨、任何不滿、或任何可誇可讚的，都可以不記名地寫在這些意見表中。當然，學生們都利用這機會盡情發表意見。學校每年收集這些表格之後，加上統計和整理，便出版一本「課程指南」，跟「課程介紹」一起發給新生。

你可能想，學校何必花這個工夫？萬一某教授人緣不好，在意見表上被學生「痛宰」怎麼辦？答案：照樣登出來！如果教授能給學生打分數的話，學生當然也可以給教授評分。有些「惡名昭彰」的教授，知道學生的反應之後，極力改變作風，使他們的課程有很大的進步。

但會不會有很多學生照這本「指南」，在選課時故意挑最容易的課？當然！

我記得在大學二年級，有一門叫《研究米開蘭基羅》的美術課，在評估中獲得1.0（最少功課）的評分，並被上屆學生讚為「好玩又容易」。據說開學第一天，原本只夠幾十人的教室擠得人山人海，連教授都沒辦法進去。結果那一年教授給的功課特別重，隔一年，又只有幾十個學生了。

◉好成績的秘訣

要在哈佛拿好成績，「聰明選課」是成功的一半。因爲功課經常很重，在選課時必須講究「平衡」，如果選了一門特別困難的課，就最好搭配一個容易點的。最聰明的學生不是那些志氣過人，每學期把課程塡得自己喘不過氣來的超級書蟲，也不是那些投機取巧，只選容易課的「玩家」，而是懂得如何運用那本「評分集」，選出營養最豐富的課程，又不會讓自己吃不消的學生。

哈佛雖然有相當的選課自由，也有必修課的限制。根據「博學」的教學理念，每個學生都必須要選一些歷史、科學、文學、和「異國文化」的課。當然，對某些文科的學生，「科學」是最可怕的兩個字，但相對地，有些擅長理工的天才，面對滿黑板的程式可以粉筆飛舞，面對一張畫卻可能目瞪口呆。

如何培養多方面的興趣與知識，使學生能夠「博學」，而不強迫他們「薄學」，是哈佛也很難對付的教育問題。不過我懷疑，哈佛的入學部在錄取新生時，已經考慮到了這一點。他們歡迎多才多藝的學生，但同時也非常重視一個人的「特色」。光做個會念書、會考試的好孩子，是不夠的。

◉

我在茱麗葉學鋼琴的時候，哈佛還只是個遙不可及的夢想。當時我認識一個學長，除了功課好、琴彈得好、SAT一五四〇（一六〇〇爲滿分）之外，還是高中游泳隊的隊長。他提前被哈佛錄取了。

這位學長有個比他小一歲的弟弟，也是鋼琴高手、功課棒、甚至SAT分數比他哥哥還高。當我們正擔心進不了好大學時，他已經胸有成竹地寄出了哈佛申請書。大家都想，哥哥弟弟一起上哈佛，是理所當然的事。

過了幾個月，出乎所有人的意料，他居然沒被錄取。

後來，這位同學上了耶魯。哈佛從來不公布他們決定的原因，所以大家只能猜想：大概正因爲弟弟跟哥哥太像了，所以哈佛不認爲他有什麼傑出。不過到哈佛之後，又有人對我說，可能因爲哈佛當時缺的「鋼琴高手」，已經有了他哥哥，所以不需要這個弟弟。

◉

很多人聽說我上哈佛，都會說：「你一定很聰明」或「你一定很會念書」。事實上，我的高中成績並不是最好，而且史岱文森是個頂尖的學校，同學都很聰明。我想，如今我能上哈佛，是因爲我在音樂和寫作上的興趣與成績。我在高中寫的短篇作品、翻譯的文章、和茱麗葉演奏的錄音帶，都是我申請書的補充資料。

奇妙的是，當初幫助我進入哈佛的東西，也正是我在哈佛校園裏能嶄露頭角的。我主持的廣播節目、擔任DJ的techno舞會、和我爲學校雜誌寫的文章，都塑造了我如今的身分。本來自己培養的興趣，現在很可能連貫我一生。

不知道，當我老爸老媽嫌我的電子音樂「吵死了」的時候，他們有沒有想到這一點。

◉玩家K書

「研究生們……是很有趣的動物。」
有一位教授曾開玩笑說：
他們已比大部分的人有學問，
但還不夠資格當教授。
我有時候想，我的學生可能知道的比我還多。

Work Hard, Play Hard. Work Hard, Play Hard.

當學生變成老師的時候

今天吃午飯的時候，一個同學走進餐廳，屁股砰的一坐，兩隻腳蹺在桌子上，差點放進我盤子裏。

「考完啦！」他咧嘴一笑。

「這麼高興？容易嗎？」

「算了吧！多難考！五個題目，寫了我三個小時都沒寫完！」他說：「這種文學課，我寧願寫報告，也不要考試！」

「我絕對寧願考試。」另一個同學插進來：「一個考試，幾個小時就結束了。寫報告還得跑圖書館，做筆記整理，花的工夫更多。」

「我是電腦系的，我們總在考試。一天到晚趕通宵背程式，考完就忘了。我寧可寫報告！」剛吃完飯，準備去上課的同學說。

於是我們開始爭論，到底考試好，還是寫報告好？午飯結束時，我們不成結論的結論是：

不感興趣的課寧可考試，但喜歡的課程應該寫報告。因爲考試K書臨陣磨槍就可以過關，而寫報告一定要感興趣，才有耐心做研究。

◉最有意思又最花工夫的課

在這些同學之中，我年紀比較大，也只有我已經在研究所。考試的日子早在大學時代離我而去。在哈佛，研究所基本上是沒有考試的，分數全靠交報告。這是以學生爲學者的態度，讓研究生能進一步探討自己感興趣的東西。但我必須承認，現在還是有許多必修課，我寧可拿一份考卷痛快打發掉。

「研究生們……是很有趣的動物。」有一位教授曾開玩笑說：他們已比大部分的人有學問，但還不夠資格當教授。我有時候想，我的學生可能知道的比我還多。有時候我又不得不提醒自己，我確定這些學生知道的比我還多！」

說這句話的教授有堂課，年年註冊時一定爆滿。她盡量限制不超過二十個學生，甚至用抽籤的方式削減人數，但因爲口碑太好，眞是沒辦法。許多過來人都說，這是他們在研究所最有意思的課，但同時警告：也是最花工夫的。

上課第一天，教授自我介紹：「我做心理研究將近十五年了。我發表過兩百多篇研究報告，出了七本書，有些人認爲我是某某領域的專家，而我的結論是……我知道的很少。」她攤開雙手說：「你們都在做很有意思的研究。以我比較有經驗的身分，我可以給你們一些建議。但今天，我也是來上課的！」說完，她便走下講台，坐進學生的椅子裏。

◉學生作教授

接下來的每堂課，我們研究生便輪流當教授，發表自己的研究。每個星期由兩個人「主持」，指定課文、帶全班討論。這位教授則擔任一個很勤快的學生角色，不停發問，加入新概念，有時候甚至挑戰「教授」的看法。

我很快體會到兩件事：第一，當教授準備一堂課的題材，是很費事的。第二，我發現在研究所這麼久了，到現在才有機會仔細聽同學們談自己的研究。

有一位同學的家人因愛滋病去世。她現在在醫院裏研究末期愛滋病患的心理輔導問題。

另一位年齡較大的同學有位智障的女兒。她研究的是新派語言教學概論，針對有學習困難的小孩。

還有一位同學在當過兵、做過軍官、又差點當了神父之後，現在回到學校研究信仰和青少年犯罪問題的關係。

以前我常認爲，研究所多半的人都在鑽研很呆板的學問。直到上這堂課，才發現多麼呆板的研究都有它的動機，那可能來自錐心之痛，可能因爲不幸的遭遇。當你知道後面的故事，再回頭看他們的研究，就會發現那是多麼感人的東西。

◉你的內心世界

這堂課沒有考試，但需要交報告。

我準備了很久，搜集了資料，又想了許久，很想以我童年的經驗爲題材，寫寫我的痛苦、我的矛盾。但奇怪的是，我發現越想越難動筆，不管怎樣也寫不出來。到了學期結束，我還沒有任何進展。於是我給教授發了一封e-mail，要求延期交報告。感謝上帝，她回信說：

「當然。這是你的課。」

後來我聽別人說，其實班上百分之九十的同學都沒能及時交件。我在想，可能正因爲這堂課帶出了每個學生的內心世界，只是走到心中，才發現裡面有那麼多的內容，東張西望，反而不知怎麼動筆了。

這又回到我原來的問題：寧可考試好，還是寫報告好？

或許我應該補充今天午飯的結論：不感興趣的寧可考試，感興趣的寧可寫報告，但太感興趣的……可能又要想別的辦法了！

◉玩家K書

據說，北美沙漠原住民服用peyote，
一種仙人掌提煉出的迷幻藥之後，
用做夢來占卜和解決問題。
許多人也相信靈魂可以「托夢」給在世者。

Work Hard, Play Hard. Work Hard, Play Hard.

沒什麼不可能的

新年到了，你有什麼願望？

我，心裡有許多願望，但就如我父親所說——「夢想和現實之間有很大的距離」。他常用這句話來「刺激」我，意思很明白：少做夢了，趕快行動吧！

我想我們每個人都有些未實現的夢想。你豈知道，我小時候曾經作過「童星夢」，想要當演員？我也曾經想要自導自演一部科幻片。就怪自己太害羞了，有試鏡的機會也不敢去。自己的電影？到現在還是個「科幻」。

當然，生活也充滿著夢也夢不到的經歷。我小時候怎麼可能知道，十幾年後我會用英文寫長篇大論的心理報告？即使在高中時我也沒想到，我會在哈佛的校園裡辦巨大的rave party。而且就在幾年前，當我和我父親還天天晚上在飯桌上抬槓時，如果有人跟我說：「有一天你會和你老爸合寫一本關於溝通的書」，我一定撇著嘴回一句：「什麼!?我？老爸？溝通？你做夢！」

◉

據說，北美沙漠原住民服用peyote，一種仙人掌提煉出的迷幻藥之後，用做夢來占卜和解決問題。許多人也相信靈魂可以「托夢」給在世者。心理學者則認爲，夢來自自己。夢，是我們下意識裡浮上來的東西。所有的夢後面都有動力，而這股動力可能來自潛在的願望、狂想，甚至被壓迫的念頭。因此，心理醫生會用「夢」去解析一個人的內心世界。

我也認爲，眞正的熱愛、眞正的憤懣、眞正激情的思念，常透露在夢想之中。

誰知道是否小時候的夢想，影響了今天的我？可能是我未能達到演戲的願望，成爲我演講的動力？或許小時候沒能做成高凌風（聽過嗎？）的合音，成爲我如今愛熱門音樂的原因？我自己也不曉得，但是我懷疑：其實夢想和現實的距離不是那麼遠。

◉

如今我還是有許多夢想：

我夢想自己寫一本書，有哲學論文的深奧，有歷史小說的尊嚴，有動人心弦的浪漫，又跟吳宇森的電影一樣刺激。它既老少咸宜、又有文學價值。每個人讀了都有不同的見解，不同的感動……

當然，這是夢想。你可能永遠也看不到這麼一本書。但我能說：只要今天有人喜歡我的故事，只要有讀者繼續給我寫信、給我支持，我就會繼續朝著那本夢想的書寫下去。

我也夢想自己寫首歌，旋律聽了使人陶醉、歌詞聽了讓人流淚、節奏聽了令人起舞。當然，這也是夢想，但怎麼辦？我就是那麼喜歡音樂。

大家都似乎認爲做夢容易，行動難，但我覺得相反。一個人如果沒有生活的情懷，也做不出什麼好夢。人可以「行動」一輩子，但如果沒有「夢想」來導向他，所有的勞累不等於跟機器人一樣盲目？

只要我能做夢，我就能有理想。只要我有理想、我就有目標。誰說做夢不是好事？在這「兩千年」的關口，這個爲下一世紀做計畫的時刻，我鼓勵你做做夢、幻幻想。

這世上沒什麼不可能的！

後記

許多國內的家長把孩子關在書房裏，連上網都不准，但孩子一考上大學又完全解放，由他玩四年。

這種不合理的放縱更令人操心。

Work Hard, Play Hard. Work Hard, Play Hard.

書蟲玩家的夢囈

念研究所是一件很寂寞的事。

在劍橋待了那麼多年，看到老朋友逐漸離開，搬到紐約開始創業，而我呢？還在晚起晚睡，趕著夜車，滿眼紅絲地在課堂上討論極抽象的問題，假裝我在早上九點，依舊對「網狀發育理論」懷有狂熱的興趣……都是一種很難解釋的浮躁。

我知道工作也不是容易的，但我渴望那種腳踏實地的感覺，而研究所這個環境，卻處在社會之外。哈佛是個知識與思想的桃花源，但一個人不太可能一生在這裡，總有一天要踏出去。

這本書，則是我在踏出校園之前、處在半醒半夢之間、有點頹廢又有點焦慮的心情之下產生的作品。

◉

回顧我的大學生活，在哈佛的確認識了許多玩家和許多書蟲。會念書的眞能稱得上廢寢忘食，用功得把人嚇死；會玩的可以從圖書館直接去酒吧再去disco，有興

△哈佛玩家

致還開車去紐約，一個周末之後連衣服都沒換就直接回教室上課。我在這些玩家和書蟲之間，只能算個學徒而已。

不祇是哈佛，世界上的聰明人太多了，有錢又有閒的玩家也太多了。硬想要模擬這些人的生活，只可能讓自己失望。重要的，是在兩者之間找到一個讓自己覺得舒適的平衡點。

這並不是一件容易的事；即使現在，我還時常在兩個極端之間搖擺不定。但我也深深體認，一個人可以在念書和工作之間找到樂趣，也可以在休閒玩樂的同時學習生活。我們傳統的社會習慣把書蟲和玩家分爲兩類，好像念書的絕不能玩耍，一玩功課就得報銷。許多國內的家長把孩子關在書房裏，連上網都不准，但孩子一考上大學又完全解放，由他玩四年。這種不合理的拚命之後的放縱，豈不更令人操心？

在二十一世紀，最可能成功的不是「頭懸樑，錐刺骨」的硬工夫，而是有創意的思想。快樂不是下班後醉酒忘我，而是能在生活中尋求意義、找到自己熱愛的興趣。這種對自己負責任的態度最好從小培養，慢慢有尺度地開放。作書蟲也作玩家，是個人的決定，也應該反映個人獨特的風格。

◉

在這本書裏，我做了許多嘗試，尤其是短篇小說方面。即使看起來像是自傳的小品，也有相當的虛構成分。至於愛迪和華倫，我沒有用他們的本名，也在整個故事中做了修改。雖然各位不能拿他們當事實看，但在眞假之中我盡量保持他們原先給我的感動——那才是眞實中的眞實。我深深感謝他們。

也感謝我的好友Zachary Towne-Smith，在期末考的忙碌之中，還抽空幫我搜集配合文章的照片。謝謝我生活周遭的玩家與書蟲，尤其PSK俱樂部的會員們，給我靈感、建議、和忠誠的友誼。謝謝在所有苦悶中依舊支持我的女友，也謝謝我的爸媽，鼓勵我把這本書完成。

◉

最近我在學校附近的購物中心吃飯。正嚼著三明治，發覺有個陌生人一直隔著玻璃對我招手。起先覺得怪怪的，再仔細一看，那溫和的眼神、泛白的山羊鬍子，實在太面熟了——

那竟然是愛迪！

我丟下三明治就跑出去，難以相信自己的眼睛。自從寫愛迪的故事，已經過了三年。休學一年之後回到劍橋，就不曾再見到他。也難怪我一時沒認出來，因爲眼前的愛迪，正穿著筆挺的制服，戴著警衛的帽子！

「你找到工作了！」我說。

「就在這裡。已經半年了。晚班，沒想到能再見到你。」他笑著說。

我高興得給他一個大大的擁抱。

這是千眞萬確的事。如今我常晚上跑去找他，兩個人站在商店外面閒聊，看著路過的行人。

△我和愛迪

夏天來了，哈佛的街道又活躍起來，而我，又開始打包，準備飛到地球的另一邊。

今年暑假，嗯……我打算去台北、去成都、去九寨溝，作個玩家。當然，我也將應統一企業的邀請，作十場巡迴演講。

你知道嗎？爲了這演講，我昨天夜裡三點還在K書呢！

Best Wishes,

劉軒小檔案

一九七二　生於台北。

一九七八　進入台北光復國小。

一九八〇　移居美國紐約市。

入聖家小學（Holy Family School）。

一九八一　首次參加鋼琴演奏會。

一九八二　進入聖羅勃特初中（St. Robert Bellarmine School）。

一九八五　以「人工智慧研究」獲布魯克林學生科學展覽第三名。

一九八七　初中畢業，獲雷根總統獎（Presidential Academic Fitness Award）及校長獎。錄取紐約曼哈頓史岱文森高中（Stuyvesant High School）。

入長島大學暑期資優少年營。

一九八八　從鋼琴大師雷納德・艾斯諾（Leonard Eisner）學琴。

譯作《The Real Spirit of Nature》在美出版。
獲選史岱文森高中學生會代表。

一九八九　編導攝影《史岱文森毒害（A Stuyvesant Addict）》反毒影片。
獲選參加卡耐基音樂廳青年音樂家演奏會。
錄取紐約州立大學石溪分校資優學生暑期營。任年鑑主編。
錄取茱麗葉音樂院先修班（Juilliard School of Music, Pre- college Division）主修鋼琴及作曲。
獲紐約市高中演講比賽第一名。

一九九〇　譯作《The Real Tranquility》在美出版。
所作室內樂〈秋思（Autumn Reflections）〉在茱麗葉麥可保羅廳演出。
任史岱文森影音學會出品電影〈最後一夜（Final Night）〉編曲。
任史岱文森聖歌隊鋼琴伴奏。任史岱文森高中畢業晚會鋼琴獨奏。
獲哈佛大學提前錄取。提前畢業於史岱文森高中。

一九九一　畢業於茱麗葉音樂院先修班。

因全國會考SAT成績優異獲紐約州政府獎學金。
於茱麗葉林肯中心麥克保羅廳舉行鋼琴獨奏會。
隨父親赴中國大陸及香港、台灣旅行。
入美國哈佛大學。
獲美國時報文化基金會頒時報優秀學生獎。
散文集《顫抖的大地》中文版在台出版。
《顫抖的大地》英文版開始在哈佛大學《There and Back》雜誌發表。

一九九二

爲亞美協會喜萊登飯店服裝表演編曲並演出。
返台爲新少年俱樂部編曲。
任《There and Back》雜誌美術編輯及文宣負責人。
任劍橋WHRB電台Rhythm 95節目製作及主持人。
在哈佛Adams House發表舞曲原作。
在哈佛紀念廳Twilight Zone晚會發表舞曲原作。
爲哈佛電視學會藝術節目Currents編寫主題曲。

一九九三 爲波士頓兒童節目Citystep會作曲演出。
任中廣青春網哈佛音樂特派員。
主辦哈佛亞美音樂會。獲布萊佛門音樂演出貢獻獎。
獲聘爲波士頓兒童教育節目Citystep年會音樂指導。
隨父返台在台北社教館、台中中山堂、台南市文化中心等地舉行「從跌倒的地方站起來飛揚」系列演講。
散文作品《屬於那個叛逆的年代》在台出版。

一九九四 擔任波士頓慈善教育機構Citystep音樂指導，爲兒童舞蹈節目「在島嶼上跳舞（Dancin' In The Isles)」編曲。
獲哈佛「藝術第一（Arts First)」表演獎金。
獲哈佛Adams House音樂表演贊助獎金。
主辦演唱會「零與一之間的聲音（A Marriage of Digital And Acoustic Aesthetics)」與Eric Lee, Richard Pengelly，和葛萊美獎被提名音樂家Russ Gershon共同演出電子音樂原作。

與父親錄製有聲書《從跌倒的地方站起來飛揚》，交水長流傳播公司製作，台南縣德蘭啓智中心發行。全部收益捐贈德蘭。

爲德蘭啓智中心募款，展開「從無聲的愛到有聲的愛」校園巡迴演講。

返台爲台南縣玉井鄉德蘭啓智中心(Saint Theresa Opportunity Center）擔任義工，照顧智障兒童。

與父親共同在台南市立文化中心與高雄師範大學禮堂舉辦「美夢成眞」座談會。

獲台南市市長施治明先生頒台南市鑰。

出版個人散文集《尋找自己》。

爲有聲書《從跌倒的地方站起來飛揚》CD增訂版作曲，並錄製音樂與《德蘭日記》旁白。

爲德蘭舉行二十一場「親愛的德蘭，我回來了！」校園巡迴演講及義賣。

一九九五　畢業於哈佛大學心理系。

應馬來西亞華校董事聯合會《中學生》月刊邀請，在馬來西亞舉行「擁抱青年的眞實與美麗」巡迴演講。
入哈佛大學心理系研究所博士班。

一九九六　爲有聲書《在生命中追尋的愛》錄製旁白音樂，由伊甸社會福利基金會出版與發行，全部收益捐贈伊甸。
錄製個人舞曲CD，在紐約市限量發行。
爲在波士頓Avalon Discotheque舉行之Louis of Boston春季服裝展擔任音樂製作。
獲僑委員會頒發海外優秀青年榮譽獎章。
獲哈佛大學心理系碩士。
開始爲期一年在墨西哥、阿拉斯加及英國等地的鄉野調查及遊學。
成立Notch Recordings製作公司。
出版散文小說集《Why not?給自己一點自由》。

一九九七　應統一企業邀請，在台灣舉行全省巡迴演講《創造雙贏的溝通》。
出版與父親合著《創造雙贏的溝通》。

一九九八 繼續在哈佛研究所攻讀博士。
在紐約和波士頓各地disco擔任職業DJ。
主辦電子音樂演奏會「複調」(Polyphonik)。
應馬來西亞華校董事聯合會邀請，在馬來西亞和東馬各地舉行七場《創造雙贏的溝通》巡迴演講。
在哈佛研究所擔任心理碩士班助教。
譯作《我獨自走過中國》(多明尼卡・芭蘭原著)在台出版。

一九九九 任超越出版社社長。
應統一企業邀請，在台灣以《人生路，不要怕》爲題，舉行十場巡迴演講。
出版散文小說集《作書蟲也作玩家》。

國家圖書館出版品預行編目資料

作書蟲也作玩家＝Work hard, play hard／劉軒著. --初版. --臺北市：超越，1999［民88］
面； 公分

ISBN 957-98036-2-5（平裝）

855 88007716

作書蟲也作玩家

作　者：劉　軒
發行人：劉　墉
出版者：超越出版社
地　址：臺北市忠孝東路四段三一一號八樓之六
郵政劃撥：一九二八二二八九號
電　話：(○二)二七四一四六五三
傳　眞：(○二)二七四一五二六六
登記證：局版北市業字第壹陸壹零號
責任編輯：馮宜靜
校　對：畢薇薇　劉軒　馮宜靜
總經銷：農學股份有限公司
地　址：新店市寶橋路二三五巷六弄六號二樓
電　話：(○二)二九一七八○二二
印　刷：沈氏藝術印刷股份有限公司
地　址：台北縣土城市中央路一段三六五巷七號
定　價：平裝一七○元
出　版：一九九九年十二月

ISBN:957-98036-2-5